Destino desconocido

Biblioteca Agatha Christie

Biografía

Agatha Christie es conocida en todo el mundo como la Dama del Crimen. Es la autora más publicada de todos los tiempos, tan solo superada por la Biblia y Shakespeare. Sus libros han vendido más de un billón de copias en inglés y otro billón largo en otros idiomas. Escribió un total de ochenta novelas de misterio y colecciones de relatos breves, diecinueve obras de teatro y seis novelas escritas con el pseudónimo de Mary Westmacott.

Probó suerte con la pluma mientras trabajaba en un hospital durante la Primera Guerra Mundial, y debutó con *El misterioso caso de Styles* en 1920, cuyo protagonista es el legendario detective Hércules Poirot, que luego aparecería en treinta y tres libros más. Alcanzó la fama con *El asesinato de Roger Ackroyd* en 1926, y creó a la ingeniosa Miss Marple en *Muerte en la vicaría*, publicado por primera vez en 1930.

Se casó dos veces, una con Archibald Christie, de quien adoptó el apellido con el que es conocida mundialmente como la genial escritora de novelas y cuentos policiales y detectivescos, y luego con el arqueólogo Max Mallowan, al que acompañó en varias expediciones a lugares exóticos del mundo que luego usó como escenarios en sus novelas. En 1961 fue nombrada miembro de la Real Sociedad de Literatura y en 1971 recibió el título de Dama de la Orden del Imperio Británico, un título nobiliario que en aquellos días se concedía con poca frecuencia. Murió en 1976 a la edad de ochenta y cinco años.

Sus misterios encantan a lectores de todas las edades, pues son lo suficientemente simples como para que los más jóvenes los entiendan y disfruten pero a la vez muestran una complejidad que las mentes adultas no consiguen descifrar hasta el final.

www.agathachristie.com

Agatha Christie
Destino desconocido

Traducción: C. Peraire del Molino

ESPASA

Obra editada en colaboración con Editorial Planeta – España

Destination Unknown © 1954. Agatha Christie Limited. All rights reserved.

AGATHA CHRISTIE and the Agatha Christie Signature are registered trademarks of Agatha Christie Limited in the UK and elsewhere.
All rights reserved.
www.agathachristie.com

Agatha Christie Roundels Copyright © 2013 Agatha Christie Limited. Used with permission.
Diseño de la portada: Planeta Arte & Diseño
Ilustraciones de la portada: © Ed
Composición: Realización Planeta

Agatha Christie

Traducción de C. Peraire del Molino © Agatha Christie Limited. All rights reserved.

© 2024, Planeta Argentina S.A.I.C. – Buenos Aires, Argentina

Derechos reservados

© 2025, Editorial Planeta Mexicana, S.A. de C.V.
Bajo el sello editorial BOOKET M.R.
Avenida Presidente Masarik núm. 111,
Piso 2, Polanco V Sección, Miguel Hidalgo
C.P. 11560, Ciudad de México
www.planetadelibros.com.mx

Primera edición impresa en España: junio de 2024
ISBN: 978-84-670-7405-5

Primera edición impresa en México en Booket: abril de 2025
ISBN: 978-607-39-2683-6

No se permite la reproducción total o parcial de este libro ni su incorporación a un sistema informático, ni su transmisión en cualquier forma o por cualquier medio, sea este electrónico, mecánico, por fotocopia, por grabación u otros métodos, sin el permiso previo y por escrito de los titulares del *copyright*.

Queda expresamente prohibida la utilización o reproducción de este libro o de cualquiera de sus partes con el propósito de entrenar o alimentar sistemas o tecnologías de Inteligencia Artificial (IA).

La infracción de los derechos mencionados puede ser constitutiva de delito contra la propiedad intelectual (Arts. 229 y siguientes de la Ley Federal del Derecho de Autor y Arts. 424 y siguientes del Código Penal Federal).

Si necesita fotocopiar o escanear algún fragmento de esta obra diríjase al CeMPro (Centro Mexicano de Protección y Fomento de los Derechos de Autor, http://www.cempro.org.mx).

Impreso en los talleres de Impregráfica Digital, S.A. de C.V.
Av. Coyoacán 100-D, Valle Norte, Benito Juárez
Ciudad de México, C.P. 03103
Impreso en México - *Printed in Mexico*

*A Anthony,
al que le gusta viajar por el extranjero
tanto como a mí*

Personajes

Relación de los principales personajes que intervienen en esta obra:

Aristides: Anciano potentado y filántropo griego.
Calvin Baker: Chismosa turista norteamericana.
Dr. Louis Barron: Destacado bacteriólogo francés.
Thomas Charles Betterton: Científico desaparecido.
Olive Betterton: Esposa en segundas nupcias del personaje citado anteriormente.
Hilary Craven: Joven y bella protagonista de esta novela.
Torquil Ericsson: Joven científico noruego.
Boris Glydr: Comandante del Ejército polaco y primo de la primera esposa de Betterton.
Dr. Paul van Heidem: Médico holandés altísimo y políglota.
Janet Hetherington: Austera turista inglesa, de viaje por tierras africanas.
Jennson: Eficiente empleada de una organización científica.

Jessop: Agente británico, astuto y dinámico.
La Roche: Encargada del vestuario femenino en la organización científica aludida.
Henri Laurier: Turista francés, galante y encantador.
Leblanc: Agente de investigación francés.
Dr. Simon Murchison: Compañero de trabajo de Betterton.
Bianca Murchison: Esposa de Simon.
Helga Needheim: Científica alemana, arisca y orgullosa.
Dr. Nielson: Jefe administrativo de la Unión.
Nigel: Esposo de Hilary Craven, de la que está separado.
Andrew (Andy) Peters: Investigador químico estadounidense.
Coronel Wharton: Agente británico.

Capítulo primero

Sentado tras el escritorio, el hombre desplazó diez centímetros a su derecha el pesado pisapapeles de cristal.

Su rostro dejaba ver una expresión más impasible que pensativa. Tenía esa tez pálida de los que pasan la mayor parte del día bajo luz artificial. No había ninguna duda de que era un hombre de espacios cerrados, de escritorios y ficheros. En cierto sentido resultaba apropiado que, para acceder a su oficina, hubiera que recorrer un laberinto de pasillos subterráneos. Era difícil precisar su edad; no parecía ni viejo ni joven. La piel de su rostro se veía lisa y sin arrugas, y en sus ojos se reflejaba un profundo cansancio.

El individuo con quien compartía oficina era mayor que él, moreno y con un bigote marcial. Mostraba un temperamento nervioso y enérgico, siempre alerta. Incluso ahora, se paseaba arriba y abajo, incapaz de permanecer sentado, soltando algún comentario brusco de vez en cuando.

—¡Informes! —decía exaltado—. ¡Informes, informes y más informes, y ninguno sirve de nada!

El hombre del escritorio miró los documentos que había sobre la mesa. Encima de ellos, una ficha con el nombre «Betterton, Thomas Charles», seguido de un signo de interrogación. Asintió pensativo.

—¿Ha estudiado todos estos informes y ninguno sirve de nada?

El otro tipo se encogió de hombros.

—¿Quién puede decirlo?

El hombre, que continuaba sentado, suspiró antes de responder:

—Sí, eso es cierto. Nadie puede decirlo.

Entonces el más viejo prosiguió, con la violencia de una ametralladora:

—Informes de Roma, de Turena; lo vieron en la Riviera, en Amberes; lo identificaron en Oslo; también, sin duda, en Biarritz; observaron que se comportaba de un modo sospechoso en Estrasburgo; lo vieron en la playa de Ostende con una rubia despampanante y paseando por las calles de Bruselas con un galgo. Todavía no lo han visto en el zoológico dando de comer a los monos, pero me atrevería a asegurar que todo llegará.

—¿No tiene alguna idea, Wharton? Personalmente, confiaba en el informe de Amberes, pero no nos ha conducido a ninguna parte. Claro, que a estas alturas... —El joven dejó de hablar y pareció entrar en coma. Al fin añadió, enigmático—: Sí, es probable, y, sin embargo, quisiera saber...

El coronel Wharton se sentó bruscamente sobre el brazo de un sillón.

—Pero tenemos que averiguarlo —afirmó, obstinado—. Hemos de llegar a la raíz de todos estos cómos, porqués y dóndes. No podemos perder a un científico cada mes sin tener ni idea de cómo se van, por qué se van y adónde van. ¿Está donde suponemos o no? Siempre lo hemos dado por hecho, pero ahora ya no estoy tan seguro. ¿Ha leído los últimos informes sobre Betterton, los que han llegado de Estados Unidos?

El hombre sentado tras el escritorio asintió.

—Las acostumbradas tendencias izquierdistas durante la época en que todos las tuvieron. Nada duradero o permanente, por lo que hemos podido averiguar. Hizo buenos trabajos antes de la guerra, aunque nada espectacular. Cuando Mannheim escapó de Alemania, destinaron a Betterton como ayudante suyo y terminó casándose con su hija. Después de la muerte de Mannheim, siguió él solo con las investigaciones y realizó trabajos brillantes. Se hizo famoso con el sorprendente descubrimiento de la fisión ZE. La fisión supuso un descubrimiento revolucionario que encumbró a Betterton. Parecía el principio de una carrera brillante, pero su mujer murió poco después de la boda y él quedó muy afectado. Vino a Inglaterra. Ha estado en Harwell durante los últimos dieciocho meses. Y solo hace seis que se ha vuelto a casar.

—¿Algo en esa dirección? —preguntó Wharton con presteza.

Su interlocutor negó con la cabeza.

—No descubrimos nada. Ella es la hija de un abogado local. Trabajaba en una agencia de seguros antes de su matrimonio. Por lo que hemos descubierto, no tiene inclinaciones políticas radicales.

—Fisión ZE —masculló el coronel Wharton en tono lúgubre y disgustado—. Me apabulla el significado de esos términos. Soy de otra época. Me siento incapaz de imaginarme una molécula, pero aquí las tenemos, haciendo saltar el universo en pedazos. Bombas atómicas, energía nuclear, fisión ZE y todo eso. Y Betterton era uno de los principales investigadores. ¿Qué dicen de él en Harwell?

—Que tenía una personalidad muy agradable y, en cuanto a su trabajo, nada sobresaliente o espectacular. Solo variaciones sobre las aplicaciones prácticas de la fisión ZE.

Los dos hombres guardaron silencio unos instantes. Su conversación había sido inconexa, casi automática. Los informes amontonados sobre el escritorio no les habían proporcionado ninguna pista de valor.

—Lo investigamos a fondo cuando llegó aquí.

—Sí, y todo resultó satisfactorio.

—Eso fue hace dieciocho meses —comentó Wharton, pensativo—. Pronto se desmoralizan. Las medidas de seguridad. La sensación de estar siempre bajo una lupa. Vivir en reclusión. Se ponen nerviosos, raros. Lo he visto muy a menudo. Comienzan a soñar con un mundo ideal. ¡Libertad, hermandad, compartir todos los secretos y trabajar por el bien de la humanidad! Ese es el momento en que alguien ve su oportunidad y la aprovecha. —Se frotó la nariz—. Nadie tan crédulo como un científico. Todos los falsos médiums lo dicen. No comprendo por qué.

Su interlocutor exhibió una sonrisa de cansancio.

—Oh, sí, es tal como dice. Ellos creen que saben. Eso siempre es peligroso. Nosotros somos distintos, de mente más humilde. No esperamos salvar el mundo, solo arreglar un par de piezas rotas, o retirar una llave inglesa que traba los engranajes. —Tamborileó con los dedos sobre la mesa—. Si supiera algo más de Betterton, no precisamente sobre su vida y actividades, sino acerca de sus costumbres cotidianas, que son las más reveladoras... Los chistes que le hacían gracia, lo que le molestaba, a quién admiraba y quién le enfurecía.

Wharton lo miró con curiosidad.

—¿Y qué hay de su esposa? ¿Ha intentado hablar con ella?

—Varias veces.

—¿Y no puede ayudarnos?

El otro se encogió de hombros.

—Hasta ahora no lo ha hecho.

—¿Cree que sabe algo?

—Ella insiste en que no sabe nada. Muestra todas las reacciones habituales: preocupación, pena, ansiedad, desesperación; no tuvo ninguna pista ni sospecha previa. La vida de su marido era perfectamente normal, no sufría de estrés ni nada parecido. Su teoría es que lo han secuestrado.

—¿Y usted no la cree?

—Yo tengo un defecto —dijo con amargura el hombre sentado tras el escritorio—. Nunca me creo a nadie.

—Bien —replicó Wharton—. Supongo que hay que mantener una actitud abierta. ¿Cómo es ella?

—Una mujer corriente, de esas que conoces un día cualquiera jugando al bridge.

Wharton asintió.

—Eso lo hace todavía más difícil.

—Está aquí. Ha venido a verme. Volveremos a repasarlo todo otra vez.

—Es el único modo —señaló Wharton—, aunque yo no podría. No tengo paciencia. —Se puso en pie—. Bueno, no le entretengo más. No hemos adelantado mucho, ¿verdad?

—Por desgracia, no. Podría hacer un repaso especial del informe de Oslo. Es el lugar adecuado.

Wharton asintió antes de salir. El otro hombre levantó el conmutador telefónico.

—Veré a la señora Betterton ahora. Hágala pasar.

Se quedó mirando el vacío hasta que llamaron a la puerta y entró la señora Betterton. Era una mujer alta, de unos veintisiete años. Lo más sobresaliente de su persona era su magnífica melena cobriza.

Ante tanto esplendor, su rostro parecía insignificante. Tenía los ojos azules y las pestañas claras que tan a menudo acompañan a los cabellos rojos. Observó que no iba maquillada, e intentó descifrar qué significaba tal cosa mientras la saludaba y ella se acomodaba en una butaca cerca de la mesa. Eso le inclinó a pensar que la señora Betterton sabía más de lo que decía saber.

Según su experiencia, las mujeres que sufren ansiedad o sienten un gran dolor no descuidan el maquillaje: conscientes de los estragos que el sufrimiento puede causar en su aspecto, hacen todo lo posible por repararlos. De modo que se preguntaba si la calculada falta de maquillaje de la señora Betterton respondía a una voluntad de representar mejor el papel de esposa desconsolada.

—¡Oh, señor Jessop! —dijo ella casi sin aliento—. ¿Hay alguna noticia?

Él negó con la cabeza.

—Siento haberla hecho venir, señora Betterton —respondió con amabilidad—. Lamento no tener ninguna noticia concreta.

—Lo sé. Eso me decía en su carta —se apresuró a responder Olive Betterton—. Pero me preguntaba si desde entonces... Oh, me alegro de haber venido. Estar en casa pensando y pensando es lo peor de todo. ¡Porque una no puede hacer nada!

—Espero que no se moleste, señora Betterton —repuso Jessop para tranquilizarla—, si vuelvo una y otra vez a insistir sobre lo mismo, haciéndole las mismas preguntas y regresando a los mismos puntos. Siempre cabe la posibilidad de que pueda surgir alguna pequeña pista. Algo en lo que no haya pensado hasta ahora, o que quizá antes no hubiera considerado digno de mencionar.

—Sí, sí. Comprendo. Vuelva a preguntarme lo que quiera.

—¿La última vez que vio a su marido fue el 23 de agosto?

—Sí.

—Eso fue cuando él dejó Inglaterra camino de París para asistir a un congreso.

—Sí.

—Asistió los dos primeros días —continuó Jessop a toda prisa—, y al tercero no se presentó. Al parecer, dijo a uno de sus colegas que aquel día iría de excursión en un *bateau mouche*.

—¿Un bateau mouche? ¿Qué es un bateau mouche?

Jessop sonrió.

—Uno de esos pequeños barcos turísticos que navegan por el Sena. —La miró fijamente—. ¿Le parece poco propio de su marido?

—Sí, bastante —contestó ella, pensativa—. Yo hubiera dicho que estaría más interesado en lo que se discutía en el congreso.

—Es posible. No obstante, el tema de aquella jornada no era de interés especial para él, así que bien pudo tomarse el día libre. Pero, de todos modos, ¿lo considera completamente impropio de su marido?

Ella asintió.

—Aquella noche no regresó al hotel —continuó Jessop—. Pero, por lo que hemos podido averiguar, no cruzó ninguna frontera con su pasaporte. ¿Cree que podría haber usado otro pasaporte, tal vez con un nombre distinto al suyo?

—Oh, no. ¿Por qué iba a tenerlo?
Jessop la observaba con atención.
—¿Usted nunca vio que tuviera otro?
Ella volvió a negar con la cabeza vehementemente.
—No, y no lo creo. En absoluto. Tampoco que se marchara de forma deliberada, como ustedes tratan de insinuar. Algo le ha ocurrido. Quizá haya perdido la memoria.
—¿Estaba bien de salud?
—Sí. Trabajaba mucho y algunas veces se sentía algo fatigado. Solo eso.
—¿No le pareció preocupado o deprimido?
—¡No estaba preocupado ni deprimido por nada! —Con dedos temblorosos, abrió el bolso para sacar un pañuelo—. Todo esto es horrible. —Le temblaba la voz—. No puedo creerlo. No se habría marchado sin decírmelo. Algo le ha ocurrido. Lo han secuestrado o tal vez lo hayan asaltado. No quiero pensarlo, pero a veces creo que esa tiene que ser la causa. Debe de haber muerto.
—Vamos, señora Betterton, por favor. No hay necesidad de ponerse así. Si hubiese muerto, ya habría aparecido su cadáver.
—Quizá no. Suceden cosas espantosas. Puede que lo hayan ahogado o arrojado a una alcantarilla. Estoy segura de que en París puede ocurrir cualquier cosa.
—Le aseguro, señora Betterton, que París es una ciudad muy bien vigilada.
Ella se apartó el pañuelo de los ojos y lo miró, furiosa.

—Sé lo que piensa, pero no es así. Tom no vendería ni revelaría ningún secreto. No es un comunista. Su vida entera es un libro abierto.

—¿Cuáles eran sus ideas políticas, señora Betterton?

—Creo que en Estados Unidos era demócrata. Aquí votó a los laboristas. No le interesaba la política. Ante todo era un científico. Y muy brillante —concluyó, desafiante.

—Sí —replicó Jessop—, era un científico muy brillante. Ese es el meollo de todo este asunto. Comprenda que pudieron ofrecerle considerables alicientes para abandonar este país y marcharse a cualquier otro lugar.

—No es cierto. —Su furia había regresado—. Eso es lo que los periódicos pretenden demostrar. Eso es lo que piensan todos ustedes cuando me interrogan. No es cierto. No se habría marchado sin decírmelo, sin darme alguna explicación.

—¿Y no le dijo nada?

Ella le dirigió una mirada escrutadora.

—Nada. No sé dónde está. Yo creo que lo han secuestrado, o, si no, como le dije, que está muerto. Pero si ha muerto, debo saberlo. Debo saberlo pronto. No puedo continuar así, aguardando y haciendo cábalas. No como ni duermo. Estoy enferma de tanto pensar. ¿No pueden ayudarme? ¿No pueden ayudarme de algún modo?

—Créame: lo siento muchísimo, señora Betterton, muchísimo —murmuró Jessop. Se puso en pie para situarse al otro lado del escritorio—. Permítame asegurarle que hacemos cuanto podemos para averiguar lo que le ha ocurrido a su marido. Recibimos información a diario desde distintos puntos.

—¿Informes de dónde? —preguntó ella con viveza—. ¿Qué dicen?

—Hay que investigarlos y comprobarlos... Pero, en general, todos son muy vagos.

—Debo saberlo —musitó de nuevo con voz ronca—. No puedo continuar así.

—¿Quiere mucho a su marido, señora Betterton?

—Claro que lo quiero. Solo llevamos casados seis meses. Seis meses.

—Sí, lo sé. Perdóneme la pregunta: ¿no hubo ninguna clase de discusión entre ustedes?

—¡Oh, no!

—¿Ningún problema por causa de otra mujer?

—¡Desde luego que no! Ya se lo he dicho. Nos casamos el pasado abril.

—Por favor, créame, yo no insinúo que sea probable algo así, pero hay que considerar cualquier posibilidad que pudiera explicar el hecho de que se haya marchado de esta forma. Usted dice que últimamente no estaba preocupado ni nervioso. ¿En ningún sentido?

—¡No, no, no!

—Ya sabe, señora Betterton, que muchas personas se ponen nerviosas cuando realizan un trabajo como el de su marido, viviendo bajo condiciones de seguridad tan exigentes. —Sonrió—. Es bastante normal ponerse nervioso.

Ella no le devolvió la sonrisa.

—Estaba como siempre —repitió con firmeza.

—¿Le hablaba de su trabajo? ¿Estaba satisfecho con lo que hacía?

—No. Era un trabajo muy técnico.

—¿Y cree posible que tuviera algún... escrúpulo, por así decirlo, a causa de la conciencia de su capacidad destructiva? Es algo que les sucede a los científicos en ciertas ocasiones.

—Nunca mencionó nada de eso.

—Comprenda, señora Betterton —dijo Jessop, inclinándose sobre la mesa y abandonando parte de su impasibilidad—: intento hacer un retrato de su marido, saber qué clase de hombre era. Y no me está usted ayudando.

—¿Qué más puedo decir o hacer? He contestado a todas sus preguntas.

—Sí. Ha contestado usted a todas mis preguntas, y la mayoría en sentido negativo. Yo deseo algo positivo, constructivo. ¿Comprende a lo que me refiero? Se puede buscar mucho mejor a un hombre cuando se sabe qué clase de hombre es.

Ella reflexionó unos segundos.

—Sí, comprendo. Por lo menos, eso creo. Tom era alegre y de buen carácter, e inteligente, desde luego.

Jessop sonrió.

—Esa es una lista de cualidades. Pasemos a algo más personal. ¿Leía mucho?

—Sí.

—¿Qué clase de libros?

—Biografías. Obras que le recomendaban en la Sociedad del Libro, novelas policiacas cuando estaba cansado.

—Un lector bastante convencional. ¿Ninguna preferencia especial? ¿Jugaba a las cartas o al ajedrez?

—Al bridge. Solíamos jugar con el doctor Evans y su esposa una o dos veces por semana.

—¿Tenía muchos amigos?

—Sí, era muy sociable.

—No me refería precisamente a eso. Quiero decir si era un hombre que apreciara mucho a sus amigos.

—Jugaba al golf con dos de nuestros vecinos.

—¿Ningún compañero o amigo íntimo en particular?

—No. Nació en Canadá y pasó mucho tiempo en Estados Unidos. Aquí no conocía a mucha gente.

Jessop consultó una anotación.

—Al parecer recientemente lo visitaron tres personas de Estados Unidos. Aquí tengo sus nombres. Por lo que hemos podido averiguar, se trata de las únicas personas extranjeras con las que mantuvo cierto contacto. Por eso les hemos dedicado una atención especial. Primero Walter Griffiths. Fue a verlo a Harwell.

—Sí, estaba en Inglaterra y vino a visitar a Tom.

—¿Cuál fue la reacción de su marido?

—Tom se sorprendió al verlo, pero se alegró mucho. En Estados Unidos eran muy buenos amigos.

—¿Qué le pareció Griffiths? Descríbalo a su manera.

—Sin duda, ya sabrán todo lo referente a él, ¿no?

—Sí, pero deseo saber su opinión.

Ella reflexionó unos instantes.

—Era un hombre serio y buen conversador. Fue muy amable conmigo; parecía querer mucho a Tom y se mostró ansioso por contarle las cosas que habían ocurrido desde que mi marido se vino a Inglaterra. Supongo que chismes locales. A mí no me resultaban muy interesantes, porque no conocía a ninguna de aquellas personas. En cualquier caso, yo estaba preparando la cena mientras ellos recordaban viejas anécdotas.

—¿No surgió la cuestión política?

—¿Trata de insinuar quizá que era comunista? —Olive enrojeció—. Estoy segura de que no lo era. Tenía un empleo en el Gobierno, creo que en la oficina del fiscal del distrito. De todas formas, cuando Tom dijo entre risas algo sobre la caza de comunistas en Estados Unidos, Griffiths afirmó muy serio que aquí no las comprendíamos. Que eran algo muy necesario. ¡De modo que eso demuestra que no era comunista!

—Por favor, señora Betterton, no se altere.

—¡Tom no era comunista! No dejo de decírselo y usted no me cree.

—Sí, la creo, pero es un punto sobre el que hay que insistir. Ahora pasemos al segundo visitante extranjero: el doctor Mark Lucas. Tropezaron con él en Londres, en el Dorset.

—Sí. Habíamos ido a ver un espectáculo y luego cenamos en el Dorset. De pronto, ese hombre, Luke o Lucas, se acercó a saludar a Tom. Era investigador químico o algo por el estilo, y la última vez que vio a Tom fue en Estados Unidos. Era un refugiado alemán que había adoptado la nacionalidad estadounidense. Pero sin duda usted...

—Pero ¿sin duda ya lo sé? Sí, señora Betterton. ¿Se sorprendió su marido al verlo?

—Sí, mucho.

—¿Agradablemente?

—Sí, sí, creo que sí.

—Pero no está segura —la presionó.

—Era un hombre que no le inspiraba gran simpatía o, por lo menos, eso me dijo después. Nada más.

—¿Fue un encuentro casual? ¿No quedaron en verse de nuevo más adelante?

—No, solo fue un encuentro casual.

—Ya. La tercera visita fue una mujer: la señora Carol Speeder, también de Estados Unidos. ¿Cómo ocurrió?

—Creo que ella tenía algo que ver con la ONU. Había conocido a Tom en Estados Unidos. Lo telefoneó desde Londres para decirle que estaba aquí y preguntarle si podríamos ir a almorzar con ella algún día.

—¿Y fueron?

—No.

—Usted no, pero su marido sí.

—¿Qué? —Se sobresaltó.

—¿No se lo contó?

—No.

Olive Betterton parecía desconcertada e inquieta. El hombre que la interrogaba se compadeció de ella, pero no se ablandó. Por primera vez, le pareció que había encontrado un hilo del que tirar.

—No lo entiendo —dijo, insegura—. Me parece muy raro que no me comentara nada.

—Almorzaron juntos en el Dorset, donde se hospedaba la señora Speeder, el miércoles 12 de agosto.

—¿El 12 de agosto?

—Sí.

—Sí, estuvo en Londres por esas fechas. Nunca me dijo nada... —Se interrumpió para preguntar—: ¿Cómo es esa mujer?

—No es nada atractiva, señora Betterton —se apresuró a responder él para tranquilizarla—. Una mujer de carrera, de unos treinta y tantos años, muy competente, pero poco agraciada. No existe el menor indicio de que estuviera en tratos más íntimos con su marido. Por eso resulta extraño que él no le dijera nada de aquel encuentro.

—Sí, sí. Lo comprendo.

—Ahora centre toda su atención en recordar, señora Betterton. ¿Observó algún cambio en su marido por esa época? Digamos a mediados de agosto. Eso debió de ser una semana antes del Congreso.

—No, no noté nada. Nada destacable.

Jessop suspiró. Sonó el teléfono y él atendió la llamada.

—Sí.

La voz al otro extremo del hilo anunció:

—Aquí hay un hombre que desea hablar con el que lleva el caso Betterton, señor.

—¿Cómo se llama?

La voz carraspeó discretamente.

—Bueno, no estoy muy seguro de cómo se pronuncia su nombre, señor Jessop. Tal vez sea mejor que lo deletree.

—De acuerdo. Hágalo. —Escribía las letras en un bloc a medida que se las dictaban—. ¿Polaco? —preguntó al final.

—No lo ha dicho, señor. Habla perfectamente inglés, pero con algo de acento.

—Dígale que espere.

—Muy bien, señor.

Jessop colgó el teléfono. Luego miró a Olive Betterton, que lo contemplaba callada, con una placidez conmovedora. Arrancó la hoja del bloc con el nombre escrito y se la tendió.

—¿Conoce a alguien con este nombre?

Los ojos de la mujer se abrieron de par en par.

Por un momento pareció asustada.

—Sí —replicó—. Sí, lo conozco. Me escribió.

—¿Cuándo?

—Ayer. Es un primo de la primera esposa de Tom. Acaba de llegar al país. Estaba muy preocupado por la desaparición de mi marido. Me escribió preguntándome si tenía alguna noticia y para mostrarme su más profunda simpatía.

—¿Nunca había oído hablar antes de él?

Ella negó con la cabeza.

—¿Alguna vez su marido le habló de él?

—No.

—De modo que podría no ser primo de su marido.

—Bueno, supongo que no. Nunca se me había ocurrido pensarlo. —Parecía sobresaltada—. Pero la primera esposa de Tom era extranjera. Era hija del profesor Mannheim. Por lo que dice en su carta, ese hombre parece conocer muy bien todo lo referente a ella y a Tom. Está escrita en un tono muy correcto, formal y... extranjero, ¿sabe? Parece auténtica. Y, de todos modos, ¿cuál sería su intención, si no es un familiar?

—Ah, eso es lo que uno se pregunta siempre. —Jessop sonrió vagamente—. ¡Aquí lo hacemos tanto que el menor de los detalles se nos hace una montaña!

—Ya me lo imagino. —Se estremeció—. Es como este despacho suyo, en medio de un laberinto que parece una de esas pesadillas de las que una cree que ya nunca podrá escapar.

—Sí, comprendo que pueda producir cierta claustrofobia —señaló Jessop amablemente.

Olive Betterton se apartó los cabellos de la frente.

—No podré soportarlo mucho tiempo, eso de quedarme sentada, esperando. Quisiera marcharme a alguna parte para cambiar de ambiente. Al extranjero, por ejemplo. A algún sitio donde los periodistas no me telefoneen constantemente, donde la gente no me mire. Siempre me encuentro a amigos que me preguntan si tengo noticias de mi marido. Creo...,

creo que voy a volverme loca. He intentado ser fuerte, pero es demasiado para mí. Mi médico está de acuerdo conmigo. Dice que debería marcharme tres o cuatro semanas fuera. Me ha escrito una carta. Se la enseñaré. —Revolvió en su bolso hasta dar con un sobre que le tendió a Jessop—. Ahí verá lo que dice.

Jessop tomó la carta y la leyó.

—Sí. Sí, ya veo. —Volvió a meter la carta en el sobre.

—Así pues, ¿puedo marcharme? —Sus ojos lo observaron, inquietos.

—Naturalmente, señora Betterton —replicó él enarcando las cejas, sorprendido—. ¿Por qué no?

—Pensé que tal vez tendría usted alguna objeción.

—¿Objeción?, ¿por qué? Eso es cosa exclusivamente suya. ¿Podrá arreglarlo de modo que pueda comunicarme con usted mientras esté ausente, en caso de tener alguna noticia?

—¡Oh, desde luego!

—¿Adónde ha pensado ir?

—A algún sitio con mucho sol y pocos ingleses. A España o a Marruecos.

—Hermosos lugares. Estoy seguro de que le sentará muy bien.

—¡Oh, gracias! Muchísimas gracias.

Se puso en pie, entusiasmada y encantada, aunque sin abandonar su nerviosismo. Jessop también se levantó, le estrechó la mano y llamó para que la acompañaran hasta la salida. Luego volvió a ocupar su puesto. Por un instante, su rostro permaneció tan inexpresivo como antes; luego sonrió muy lentamente y cogió el teléfono.

—Ahora recibiré al comandante Glydr.

Capítulo 2

—¿Comandante Glydr? —Jessop vaciló al pronunciar el nombre.

—Sí, es difícil. —El visitante habló en tono jocoso—. Durante la guerra, sus compatriotas me llamaban Glider. Y ahora, en Estados Unidos, me he cambiado el nombre por el de Glyn, que resulta más fácil para todos.

—¿Viene de Estados Unidos?

—Sí, llegué hace una semana. Disculpe, ¿es usted el señor Jessop?

—Sí.

El otro lo miró con interés.

—He oído hablar bastante de usted.

—¿De veras? ¿A quién?

El hombre sonrió.

—Tal vez estemos yendo demasiado rápido. Antes de que me permita hacerle algunas preguntas, quiero entregarle esta carta de la Embajada de Estados Unidos.

Se la tendió con una reverencia. Jessop leyó las breves y corteses frases de presentación y dejó la carta sobre la mesa. Observó a su visitante: era un hombre alto y muy erguido, de unos treinta años, más o menos. Tenía los cabellos rubios, y los llevaba cortados a la moda continental. Hablaba despacio y con un marcado acento extranjero, aunque con corrección gramatical. Jessop observó que no estaba nervioso ni inseguro, algo poco corriente. La mayoría de las personas que pisaban su oficina parecían intranquilas, agitadas o recelosas.

Unas veces se mostraban inquietas y otras actuaban con vehemencia.

Aquel era un hombre completamente dueño de sí mismo, un hombre con cara de póquer que sabía lo que hacía y por qué, y al que no resultaría fácil engañar para conseguir que revelara más de lo que quería.

—¿Y en qué podemos servirle? —preguntó Jessop con aire cortés.

—He venido a preguntar si tienen alguna noticia de Thomas Betterton, que desapareció recientemente y, al parecer, de un modo extraño. Sé que no siempre se debe dar crédito a la prensa y por eso pregunté dónde podía obtener información digna de confianza. Ellos me dijeron que usted me la daría.

—Lo siento, pero no tengo ninguna noticia concreta de Betterton.

—Pensé que tal vez le hubieran enviado al extranjero con alguna misión. —Hizo una pausa y agregó, de un modo singular—: Ya sabe, todo muy secreto.

—Mi querido señor —Jessop parecía dolido—, Betterton era un científico, no un diplomático o un agente secreto.

—Acepto el reproche. Pero las etiquetas no siempre son correctas. Thomas Betterton y yo éramos primos políticos.

—Sí. Usted es sobrino del difunto profesor Mannheim.

—Ah, ya lo sabía usted. Está muy bien informado.

—La gente pasa por aquí y nos cuenta cosas —murmuró Jessop—. La esposa de Betterton estuvo en la oficina y me lo dijo. Usted le escribió.

—Sí, para darle ánimos y preguntarle si tenía noticias.

—Fue muy atento.

—Mi madre era la única hermana del profesor Mannheim. Se querían mucho. De pequeño, estaba casi siempre en casa de mi tío, en Varsovia, y su hija, Elsa, fue para mí como una hermana. Cuando mis padres murieron, me trasladé a vivir con mi tío y mi prima. Fueron días muy felices. Luego llegaron la guerra y las tragedias, horrores de los que es mejor no hablar. Mi tío y Elsa huyeron a Estados Unidos. Yo me uní a la Resistencia y, cuando terminó la guerra, realicé ciertas misiones.

»Una vez viajé a Estados Unidos a visitar a mi tío y a mi prima, eso fue todo. Pero llegó el momento en que mi cometido en Europa terminó. Tenía intención de fijar mi residencia permanente en Estados Unidos; esperaba vivir cerca de mi tío, mi prima y su marido.

Pero, cielos —extendió las manos—, llego allí y me encuentro con que mi tío ha muerto, mi prima, también, y su marido se ha venido a este país y se ha vuelto a casar. De modo que otra vez estoy sin familia. Y luego leí en los periódicos la noticia de la desaparición del conocido científico Thomas Betterton y vine para ver en qué podía ayudar.

Hizo una pausa y observó interrogativamente a Jessop. Este le devolvió una mirada inexpresiva.

—¿Por qué ha desaparecido, señor Jessop?

—Eso es lo que nos gustaría saber. ¿Quizá usted lo sabe?

Jessop observó con cierto interés la facilidad con que podían invertirse los papeles. En aquella habitación estaba acostumbrado a interrogar a la gente. Aquel desconocido no era el inquisidor.

—Le aseguro que no lo sabemos —respondió Jessop sin dejar de sonreír amablemente.

—Pero ¿lo sospechan?

—Es posible que el asunto responda a un determinado plan —respondió Jessop con precaución—. Ya habían ocurrido casos de este tipo.

—Lo sé. —El visitante citó media docena de casos y añadió—: Y todos científicos.

—Sí.

—¿Habrán cruzado todos el telón de acero?

—Es una posibilidad, pero no lo sabemos.

—Pero ¿se fueron por su propia voluntad?

—También eso es difícil decirlo.

—¿Piensa que no es asunto mío?

—¡Oh, por favor!

—Pero es cierto. Mi único interés es la señora Betterton, créame.

—Me perdonará si le digo que no comprendo del todo su interés. Al fin y al cabo, Betterton solo es pariente suyo por su primer matrimonio. Ni siquiera lo conocía.

—Eso es cierto. Pero, para nosotros, los polacos, la familia es muy importante. Hay ciertas obligaciones. —Se puso en pie y se inclinó con rigidez—. Lamento haber abusado de su tiempo, y le agradezco infinitamente su amabilidad.

Jessop se levantó.

—Siento no poder ayudarlo, pero le aseguro que estamos en la oscuridad más absoluta. Si averiguo algo, ¿dónde puedo encontrarlo?

—Me encontrarán en la Embajada de Estados Unidos.

—Gracias.

Se inclinó de nuevo cortésmente.

Jessop tocó el timbre. El comandante Glydr salió y él cogió el teléfono.

—Dígale al coronel Wharton que venga a mi despacho.

Cuando Wharton entró en la habitación, Jessop le dijo:

—Esto empieza a moverse.

—¿Cómo?

—La señora Betterton quiere marcharse al extranjero.

Wharton soltó un silbido.

—¿A reunirse con su marido?

—Eso espero. Ha venido provista de una carta de su médico en la que le aconseja absoluto descanso y un cambio de aires.

—¡Esto promete!

—Aunque puede ser cierto, desde luego —le advirtió Jessop—: la simple exposición de un hecho.

—Aquí nunca adoptamos ese punto de vista —replicó Wharton.

—No. Debo confesar que ella desempeña su papel de forma convincente. No se delata ni por un momento.

—No habrá conseguido nada nuevo en su última entrevista, supongo.

—Una ligera pista. La señora Speeder, con quien Betterton comió en el Dorset.

—¿Sí?

—No le contó nada a su esposa.

—¡Vaya! —exclamó Wharton, reflexivo—. ¿Lo considera un dato revelador?

—Podría ser. Carol Speeder fue citada por el Comité de Actividades Antiestadounidenses. Salió limpia, pero, de todas maneras, estuvo manchada, o pensaron que lo estaba. Es un posible contacto, el único de Betterton que hemos descubierto hasta ahora.

—¿Y qué hay de los contactos de la señora Betterton? ¿Últimamente ha tenido alguno que le haya instado a marcharse al extranjero?

—Ninguno personal. Ayer recibió una carta de un

polaco. Un primo de la primera esposa de Betterton. Ha venido aquí para preguntarme detalles.

—¿Qué le ha parecido?

—Falso —replicó Jessop—. Todo muy extranjero y correcto, eso parece auténtico; pero su personalidad resulta irreal.

—¿Cree que es el contacto para sacarla de aquí?

—Podría ser, no sé... Me intriga.

—¿Va a vigilarlo de cerca?

Jessop sonrió.

—Sí. He tomado medidas.

—La vieja y astuta araña, siempre con sus trucos. —Wharton volvió a hablar en serio—. ¿Esa mujer ha dicho adónde piensa ir?

—España o Marruecos.

—¿Nada de Suiza?

—Esta vez no.

—Yo hubiera pensado que España o Marruecos les resultarían más difíciles.

—No debemos menospreciar a nuestros adversarios.

Wharton manoseó con desprecio los informes de seguridad.

—Los dos únicos países en los que Betterton no ha sido visto —comentó, mortificado—. Bueno, seguiremos adelante. Dios mío, si esta vez fracasamos...

Jessop se reclinó en su butaca.

—Hace mucho tiempo que no me tomo unas vacaciones —comentó—. Estoy un poco harto de este despacho. Quizá haga un viajecito al extranjero.

Capítulo 3

I

—Pasajeros del vuelo 108 de Air France a París. Por aquí, por favor.

Las personas que esperaban en la sala de embarque del aeropuerto de Heathrow se pusieron en pie. Hilary Craven cogió el maletín de piel de lagarto y se dirigió a la pista con los demás viajeros. El azote del viento le pareció frío después del calor de la sala de embarque.

Hilary se estremeció y se ajustó más el abrigo de piel. Siguió a los otros pasajeros hasta el avión. ¡Al fin!

¡Se marchaba, huía! Lejos de la tristeza, la soledad y los sufrimientos.

Escapaba hacia la luz del sol, el cielo azul y una nueva vida. Dejaría atrás todo ese lastre, el peso muerto de las penalidades y las desilusiones. Subió la escalerilla del avión, inclinó la cabeza para entrar y siguió a la azafata hasta su asiento. Por primera vez desde hacía muchos meses sentía disminuir aquel dolor tan intenso que casi resultaba físico.

«Tengo que marcharme —se dijo, esperanzada—. Y me marcharé.» El rugido de los motores hizo que se removiera por dentro. Parecían tener algo salvaje.

«La miseria de la civilización es lo peor. Gris y sin esperanza. Pero ahora me escaparé.»

El aparato se movió suavemente por la pista.

—Abróchense los cinturones, por favor —dijo la azafata.

El avión viró, encaró la pista de despegue y se detuvo aguardando la señal para despegar.

«Tal vez el avión se estrelle —pensó Hilary—. Quizá no llegue a elevarse; entonces sería el fin, la solución de todo. Nunca conseguiré escapar, nunca. Me retendrán aquí como una prisionera.» Le parecía que llevaban varias horas esperando la orden para despegar con rumbo hacia la libertad. El avión comenzó a avanzar.

«¡Ah, por fin!»

Un rugido final de los motores y el avión se desplazó cada vez más deprisa, más deprisa, a toda velocidad por la pista.

«No se elevará. No podrá, este es el fin», pensó Hilary. Al parecer ya estaban en el aire. No era tanto que el avión tomara altura, sino más bien que la tierra se iba alejando, hundiéndose, y sus problemas, contrariedades y desilusiones quedaban debajo de la criatura que ascendía orgullosa entre las nubes. Y continuaron subiendo, trazando un círculo sobre el aeropuerto, que ahora parecía de juguete. Diminutas carreteras y trenes en miniatura.

Un ridículo mundo infantil donde la gente amaba, odiaba y destrozaba sus corazones. Ya ninguno de sus habitantes tenía importancia, tan pequeños, absurdos e insignificantes. Luego las nubes formaron una masa de un gris blanquecino y entorpecieron su visión.

Debían de estar volando sobre el Canal. Hilary se reclinó en el asiento y cerró los ojos. Escapar. Escapar. Había abandonado Inglaterra, a Nigel y al pequeño y triste montículo que era la tumba de Brenda. Abrió los ojos para volver a cerrarlos con un profundo suspiro. Se durmió.

II

Cuando Hilary despertó, el avión iniciaba el descenso.

«París», pensó mientras se incorporaba y recogía su bolso.

Pero no era París. La azafata recorrió el pasillo anunciando en tono alegre, como si se dirigiera a una clase de párvulos:

—Vamos a aterrizar en Beauvais porque la niebla es muy espesa en París.

Su tono parecía decir: «¿No os parece divertido, niños?». Hilary miró por la ventanilla. Apenas se veía nada. Beauvais también aparecía cubierto de niebla. El avión volaba en círculos.

Tardó un rato en aterrizar. Luego los pasajeros fueron conducidos a través de la niebla fría y húmeda, hasta un rústico edificio de madera donde había algunas sillas y un gran mostrador.

Hilary se sentía deprimida, pero trató de animarse. Un pasajero que estaba cerca murmuró:

—Un viejo aeródromo de la guerra. Aquí no hay calefacción ni comodidades. Afortunadamente, como es francés, nos ofrecerán algo de beber.

Casi de inmediato apareció un hombre con varias llaves y no tardaron en servirles bebidas alcohólicas diversas para levantarles el ánimo. Las copas ayudaron a entretener la larga e irritante espera.

Transcurrieron varias horas. Otros aviones aparecieron entre la niebla y aterrizaron, desviados de su destino: París. La pequeña sala no tardó en quedar repleta de gente irritada que protestaba por la demora y el frío.

A Hilary todo aquello le parecía irreal. Era como si estuviera soñando y su sueño la protegiera de la realidad.

Solo era un retraso, cuestión de esperar; seguía su viaje, su viaje hacia la libertad. Continuaba escapando de todo. Iba de camino al lugar donde comenzaría una nueva vida. Conservó el ánimo y lo mantuvo durante la larga y fatigosa espera, así como en los momentos de confusión, cuando, mucho después de oscurecer, se anunció que habían llegado los autobuses que los conducirían a París.

Hubo un gran revuelo. Idas y venidas, pasajeros, pilotos, mozos que llevaban bolsas y maletas a toda prisa y chocaban en la oscuridad. Al fin, con los pies y las piernas heladas, Hilary se encontró en un lento autobús que iba camino de París a través de la niebla.

Fue un largo y tedioso recorrido de cuatro horas; ya era medianoche cuando llegaron a Les Invalides. Hilary agradeció poder recoger su equipaje y dirigirse al hotel donde le habían reservado habitación. Estaba demasiado cansada para comer, de modo que tomó un baño caliente y se derrumbó en la cama.

El avión para Casablanca salía de Orly a las diez y media de la mañana siguiente, pero cuando llegó al aeropuerto, todo era confusión.

Muchos aviones permanecían en tierra en distintas partes de Europa; las llegadas y las salidas habían sufrido considerables retrasos.

Un empleado del mostrador de embarque le comentó, muy nervioso:

—¡Es imposible que *madame* salga en el avión en el que había reservado billete! Se han tenido que cambiar todos los horarios. Si *madame* quiere sentarse unos momentos, es posible que todo se arregle.

Al fin la llamaron para comunicarle que había una plaza en un avión a Dakar que normalmente no hacía escala en Casablanca, pero que en esta ocasión la haría.

—Si toma este avión, solo llegará con tres horas de retraso. Eso es todo, *madame*.

Hilary se avino sin la menor protesta y el empleado pareció sorprendido y, desde luego, encantado por su actitud.

—*Madame*, no tiene idea de lo complicada que está siendo la mañana —le dijo—. En fin, los viajeros son muy poco razonables. ¡No he sido yo quien ha puesto la niebla! Naturalmente, eso ha producido las alteraciones. Yo siempre digo que uno debe afrontar las contrariedades de buen humor, por desagradable que resulte tener que alterar los propios planes. *Après tout, madame*, ¿qué importa un pequeño retraso de una, dos o tres horas? ¿A quién le puede importar en qué avión llega a Casablanca?

No obstante, precisamente aquel día eso importaba mucho más de lo que creía ese francés al pronunciar aquellas palabras. Porque, cuando Hilary llegó por fin y pisó la pista iluminada por el sol, el mozo que caminaba a su lado empujando el carretón de los equipajes comentó:

—Ha tenido mucha suerte de no haber tomado el avión anterior, el del vuelo regular a Casablanca, *madame*.

—¿Por qué? —le preguntó ella—. ¿Qué ha ocurrido?

El mozo miró inquieto a su alrededor. Al fin y al cabo, la noticia no sería un secreto durante mucho tiempo, así que se inclinó hacia ella y, bajando la voz, le informó:

—*Mauvaise affaire!* Se ha estrellado al aterrizar. El piloto y la tripulación, así como la mayoría de los pasajeros, han muerto. Se han salvado cuatro o cinco, y los han llevado al hospital. Algunos están muy graves.

La primera reacción de Hilary fue de ira.

«¿Por qué no viajaría yo en ese avión? —se preguntó—. De haberlo hecho, ahora todo habría terminado. Estaría muerta. No más quebraderos de cabeza, no más sufrimiento. En cambio, las personas que volaban en él querían vivir, y a mí no me importaba seguir o no con vida. ¿Por qué no me habrá sucedido a mí?»

Pasó la aduana, un mero trámite, y se dirigió al hotel. Era una tarde radiante y el sol comenzaba a ponerse. La luz dorada y el aire diáfano eran como los había imaginado. ¡Al fin había llegado! Había abandonado la niebla, el frío y la oscuridad de Londres; había dejado atrás las penas, las indecisiones y los sufrimientos. Ahí sentía palpitar la vida, el calor y la luz del sol.

Entró en su habitación, abrió las cortinas de par en par y contempló la calle. Sí, era todo tal como se lo había imaginado. Se apartó de la ventana y fue a sentarse en la cama. ¡Escapar, escapar! Esa era la idea que no se apartaba de su mente desde que había dejado Inglaterra. Escapar. Escapar. Y ahora, con una frialdad terrible y aplastante, comprendía que no había escapatoria posible.

Todo era exactamente igual aquí que en Londres. Hilary Craven era la misma, y era de Hilary Craven de quien quería escapar. Hilary Craven era la misma en Marruecos que en Londres.

—Qué tonta he sido —musitó—. ¡Qué tonta soy! ¿Cómo pude creer que me sentiría de otro modo fuera de Inglaterra?

La tumba de Brenda, aquel patético montoncito de

tierra, estaba en Inglaterra, y Nigel no tardaría en casarse con su nueva novia, también en Inglaterra. ¿Por qué imaginó que esas dos cosas le importarían menos aquí? Deseos tontos.

Bueno, ahora ya había llegado y debía enfrentarse con la realidad. Una realidad que no podría soportar, y que no soportaría. Hay cosas que solo se aguantan mientras existe una razón para sufrirlas. Sobrellevó su larga enfermedad, el abandono de Nigel y las circunstancias crueles y brutales en las que ocurrió. Había soportado todas aquellas cosas porque estaba Brenda. Luego vino la larga y lenta batalla por la vida de Brenda, y la derrota final. Ahora ya no le quedaba nada por lo que vivir. Y aquel viaje hasta Marruecos se lo había demostrado. En Londres sintió la extraña sensación de que, si se marchaba a otro sitio, podría olvidar el pasado y comenzar de nuevo. Y por eso emprendió el viaje hasta ese lugar desconocido que poseía las cualidades que tanto le gustaban: mucho sol, aire puro, y gentes y costumbres sin la menor relación con su pasado. Pensó que allí las cosas serían distintas, y eran las mismas.

Los hechos resultaban sencillos e innegables.

Ella, Hilary Craven, no sentía el menor deseo de seguir viviendo. Así de simple.

Si la niebla no hubiera desviado su camino, si hubiera tomado el avión en el que tenía plaza, ahora su problema quizá estuviera ya resuelto. Su cuerpo se encontraría en cualquier morgue francesa. Un cuerpo destrozado con el alma en paz, libre de sufrimiento.

Bueno, podía llegar al mismo fin, pero de un modo bien distinto. Le habría resultado muy sencillo de haber llevado consigo pastillas para dormir.

Recordó la respuesta del doctor Grey y la extraña expresión de su rostro cuando se las pidió.

—Es mejor que no tome nada. Debe aprender a dormir sin la ayuda de somníferos. Puede que al principio le cueste, pero ya se acostumbrará.

¡Qué extraña expresión la de su rostro! ¿Habría sospechado que llegaría a aquel extremo? Se puso en pie con decisión. Saldría de inmediato a buscar una farmacia.

III

Hilary siempre había imaginado que era fácil hacerse con fármacos en las ciudades extranjeras. Con sorpresa comprobó que no andaba equivocada. El primer farmacéutico solo le vendió dos dosis. Para más cantidad, le dijo, debía presentarle una receta médica. Ella le dio las gracias con una sonrisa indiferente. Salió de la farmacia con tanta prisa que tropezó con un joven alto y de expresión solemne que se disculpó en inglés. Ella le oyó pedir un tubo de pasta dentífrica.

En cierto modo, le hizo gracia. Pasta de dientes. Le pareció tan ridículo, tan normal, tan cotidiano. Luego sintió una aguda punzada: había pedido la marca preferida de Nigel. Cruzó la calle y entró en otra farmacia. Cuando regresó al hotel, había recorrido cuatro. Le pareció divertido que en la tercera se volviese a encontrar con el joven de cara de búho preguntando nuevamente por la misma marca de dentífrico, que, sin duda, no era muy corriente en las farmacias francesas de Casablanca.

Hilary casi se sintió optimista mientras se cambiaba de vestido y se maquillaba para bajar a cenar. Se dirigió al restaurante lo más tarde posible, porque no deseaba encontrarse con ninguno de sus compañeros de viaje ni con la tripulación del avión, cosa poco probable, porque tras la escala habían continuado hasta Dakar; ella era la única que había desembarcado en Casablanca.

El restaurante estaba casi vacío, aunque advirtió a aquel joven inglés, terminando de cenar en una mesa junto a la pared. Parecía muy absorto en la lectura de un periódico francés. Hilary pidió una buena cena y media botella de vino. Se sentía en cierto modo entusiasmada. «¿Y qué es esto, al fin y al cabo, sino mi última aventura?», pensó. Luego ordenó que le subieran a la habitación una botella de agua de Vichy y, después del último bocado, se retiró.

El camarero le llevó el Vichy, destapó la botella, la dejó sobre la mesa y, tras desearle buenas noches, abandonó la habitación. Hilary exhaló un suspiro de alivio. En cuanto cerró la puerta del cuarto, echó la llave. Sacó del cajón del tocador los cuatro paquetitos que había comprado en las farmacias y los desenvolvió. Puso las pastillas sobre la mesa y se sirvió un vaso de agua de Vichy.

Solo tenía que tragarlas con un poco de agua.

Se desnudó, se puso la bata y volvió a sentarse. El corazón le latía más deprisa. Sintió algo parecido al miedo, pero era un temor teñido de fascinación; no era un miedo que la tentara a abandonar su plan. Estaba muy tranquila. Aquella era la huida final, la verdadera. Miró el escritorio, dudando entre dejar o no una nota. Decidió no hacerlo.

No tenía parientes ni amigos íntimos, nadie de quien despedirse. Y, en cuanto a Nigel, no deseaba cargarle de inútiles remordimientos en el supuesto caso de que los sintiera al recibir su nota. Seguramente, leería en los periódicos que una tal señora Hilary Craven había fallecido tras haber ingerido una sobredosis de somníferos en la habitación de un hotel de Casablanca. Sería una noticia breve.

Pensaría: «¡Pobre Hilary, qué mala suerte!». Y en el fondo probablemente se sentiría aliviado, porque adivinaba que le pesaba la conciencia, y Nigel era un hombre que deseaba sentirse tranquilo. Nigel le parecía ya muy lejano e insignificante. No había nada más que hacer. Se tomaría las pastillas, y luego a dormir. Un sueño del que no despertaría. No tenía, o eso creía, ningún sentimiento religioso. La muerte de Brenda había terminado con todo aquello.

Así pues, no le quedaba nada más en que pensar. Era una viajera como lo había sido en el aeropuerto de Heathrow, una viajera que aguardaba partir con destino desconocido, sin el engorro del equipaje ni molestas despedidas. Por primera vez en su vida era libre, completamente libre para actuar como deseaba.

El pasado ya no contaba para ella. Aquel dolor punzante de sus horas de insomnio había desaparecido. Sí, ligera, libre, sin estorbos.

Dispuesta a emprender su nuevo viaje.

Extendió la mano para coger la primera pastilla; al hacerlo, oyó unos discretos golpes en la puerta. Hilary frunció el ceño y se quedó con la mano suspendida en el aire. ¿Quién sería? ¿La doncella?

No, la cama ya estaba preparada. Quizá algún trámite del pasaporte.

Se encogió de hombros. No contestaría. ¿Por qué iba a preocuparse? Fuera quien fuese, ya volvería en otra ocasión.

Llamaron otra vez, algo más fuerte, pero Hilary no se movió. No sería tan urgente y, de todas formas, pronto desistirían. Tenía la mirada clavada en la puerta y, de repente, se quedó asombrada.

La llave giraba lentamente, y entonces la vio salirse de la cerradura y caer al suelo con un ruido metálico.

La puerta se abrió y entró un hombre: el joven de rostro de búho que había comprado la pasta de dientes.

Hilary lo miró, demasiado asombrada para poder hacer o decir nada.

El joven se volvió para cerrar la puerta, recogió la llave, la introdujo de nuevo en la cerradura y cerró. Luego se acercó a Hilary y tomó asiento al otro lado de la mesa.

—Me llamo Jessop —dijo.

A ella le pareció una observación incongruente. Se

le subieron los colores. Se inclinó hacia él y replicó, furiosa:

—¿Qué cree que está haciendo aquí?

Él la miró muy serio y parpadeó.

—Es curioso. Yo he venido a preguntarle lo mismo. —Miró de soslayo las pastillas.

—No sé a qué se refiere —replicó Hilary, tajante.

—¡Oh, sí que lo sabe!

Ella buscó desesperada una respuesta. Quería decir tantas cosas: expresar su indignación, ordenarle que saliera de allí. Pero, extrañamente, la venció la curiosidad. La pregunta surgió de sus labios con tal naturalidad que apenas se dio cuenta de haberla formulado.

—Esa llave... ¿ha girado sola en la cerradura?

—¡Ah, eso! —El joven esbozó una sonrisa infantil que le transformó el rostro. Se metió la mano en el bolsillo, sacó un instrumento metálico y se lo tendió para que lo examinara—. Aquí tiene. Es una herramienta muy útil. Se introduce en la cerradura desde fuera, agarra la llave y la hace girar. —Volvió a cogerla de las manos de Hilary y se la guardó—. Habitual en los ladrones.

—¿De modo que es usted un ladrón?

—No, no, señora Craven, no me hace usted justicia. Yo he llamado. Los ladrones no llaman. Luego, cuando me ha parecido que no iba a abrir, he utilizado esto.

—Pero ¿por qué?

De nuevo, la mirada de aquel tipo se posó en las pastillas.

—Yo no lo haría. No es como usted cree. Debe de

imaginarse que solo es cuestión de acostarse y no volver a despertar, pero no es así. Los efectos son muy desagradables. Algunas veces aparecen convulsiones, y otras, erupciones en la piel. Cuando se es resistente al fármaco, tarda mucho en surtir efecto, y entonces alguien llega a tiempo y le hacen multitud de cosas desagradables: lavados de estómago, aceite de ricino, café caliente, bofetadas; todo muy indigno, se lo aseguro.

Hilary se reclinó en la silla con los ojos entornados. Apretó los puños y se obligó a sonreír.

—¡Qué ridículo es usted! ¿Cree que iba a suicidarme o algo por el estilo?

—No solo lo creo —respondió Jessop—, estoy completamente seguro. Cuando usted ha entrado en la farmacia, yo me encontraba allí: había ido a comprar pasta de dientes. No tenían la marca que quería, de modo que he ido a otra y allí estaba usted de nuevo, pidiendo más pastillas para dormir. Bueno, me ha parecido un poco extraño, de modo que la he seguido. Ha comprado todas estas pastillas en distintos sitios. Eso solo podía significar una cosa.

Su tono era amigable, desenvuelto, pero convencido. Ella dejó de fingir.

—Entonces ¿no considera que es una impertinencia intolerable por su parte querer impedírmelo?

Él reflexionó unos instantes y al fin negó con la cabeza.

—No, esta es una de esas cosas que no debe usted hacer. No sé si me comprende.

—Tal vez pueda impedírmelo, pero solo por ahora —replicó ella con viveza—. Quiero decir que puede llevarse las pastillas, tirarlas por la ventana o lo que le parezca, pero no podrá impedir que compre más otro día, o que me deje caer desde el último piso o me arroje a la vía del tren.

El joven consideró sus palabras.

—Estoy de acuerdo con usted. No puedo impedir que haga ninguna de esas cosas. Pero está la cuestión de si las hará. Mañana, quiero decir.

—¿Cree que mañana pensaré de otro modo? —preguntó Hilary con cierta amargura en la voz.

—Ocurre —replicó Jessop, casi disculpándose.

—Sí, es posible. —Ella meditó un instante—. Cuando se hacen las cosas en un momento de acaloramiento. Pero si lo decides en frío, es muy distinto. No tengo nada por lo que vivir.

Jessop ladeó la cabeza y parpadeó como un búho.

—Interesante —observó.

—No, en absoluto. No soy una mujer interesante. Mi marido, a quien yo amaba, me abandonó, y mi única hija murió de meningitis. No tengo parientes ni amigos íntimos. Tampoco ninguna vocación, ni arte, ni oficio ni trabajo que me guste hacer.

—Es duro —dijo Jessop, comprensivo, y añadió con cierta vacilación—: Entonces no considera que obra mal.

—¿Por qué sería malo? —replicó Hilary, acalorada—. Es mi vida.

—¡Oh, sí, sí! —se apresuró a responder él—. No es

que yo sea un gran moralista, pero hay gente que considera que eso está mal.

—Yo no soy de esas —atajó ella.

—Desde luego —asintió Jessop, mientras la miraba, pensativo.

—Entonces puede que ahora, señor...

—Jessop.

—En ese caso, tal vez ahora quiera dejarme sola.

El intruso negó con la cabeza.

—Todavía no. Quería saber lo que había detrás de todo esto. Y ahora ya lo sé, ¿no es cierto? Usted no siente interés por la vida, no desea seguir viviendo y la seduce la idea de morir.

—Sí.

—Bien —respondió él alegremente—, ahora sabemos dónde estamos. Demos un paso más. ¿Tiene que ser con somníferos?

—¿Qué quiere usted decir?

—Bueno, ya le he explicado que no son tan románticos como parecen. Y arrojarse desde lo alto de un edificio tampoco es demasiado agradable, no siempre se muere en el acto... Y lo mismo digo de dejarse aplastar por un tren. A lo que me refiero es a que hay otros medios.

—No le comprendo.

—Le sugiero otro sistema. Un método más deportivo, la verdad, además de emocionante. Le seré sincero. Solo hay una posibilidad entre cien de que no muera. Pero no creo que, dadas las circunstancias, le importe mucho.

—No tengo la menor idea de lo que me está hablando.

—¡Claro que no! —exclamó Jessop—. Todavía no he comenzado a explicarlo. Me temo que primero tendré que darle un poco de contexto. ¿Puedo empezar?

—Supongo que sí.

Jessop hizo caso omiso de su ironía y, con su peculiar estilo, comenzó:

—Usted es de esa clase de mujeres que lee los periódicos y se mantiene al corriente de la actualidad. Y habrá leído la noticia de la desaparición de varios científicos. Un italiano hará cosa de un año, y hace unos dos meses un joven científico llamado Thomas Betterton.

Hilary asintió.

—Sí, lo leí en la prensa.

—Hay bastante más de lo que apareció en los periódicos. Han desaparecido otras personas, y no siempre fueron científicos. Algunos de ellos, jóvenes que estaban trabajando en importantes investigaciones médicas; otros, químicos; había también físicos, y un abogado. Unos cuantos de aquí, de allá y de todas partes. El nuestro es un país libre; uno puede abandonarlo, si quiere, pero en estas peculiares circunstancias tenemos que saber por qué se han marchado estas personas, adónde han ido, y también es importante cómo se han ido. ¿Se marcharon por su propia voluntad? ¿Los secuestraron? ¿Los chantajearon? ¿Qué ruta tomaron? ¿Qué clase de organización interviene en esto, y cuál es su objetivo? Montones de preguntas.

Queremos las respuestas. Usted podría ayudarnos a encontrarlas.

Hilary lo miró estupefacta.

—¿Yo? ¿Cómo? ¿Por qué?

—Voy a referirme al caso particular de Thomas Betterton. Desapareció en París hará unos dos meses, y dejó a su esposa en Inglaterra. Estaba desolada, o por lo menos eso dijo. Juró no tener la menor idea de por qué él se había ido, o adónde y cómo. Puede ser cierto, pero también puede no serlo. Algunas personas, y le digo que yo soy una de ellas, creen que no es verdad.

Hilary se reclinó en su silla. Muy a su pesar, su interés estaba creciendo.

—Sometimos a la señora Betterton a una discreta vigilancia —continuó Jessop—. Hará unos quince días, vino a verme y me dijo que su doctor le había aconsejado marcharse al extranjero para gozar de reposo absoluto y distraerse un poco. No tenía nada que hacer en Londres, donde la gente no dejaba de importunarla: periodistas, parientes, amigos.

—Me lo imagino —asintió Hilary secamente.

—Sí, una lata. Es natural que quisiera marcharse una temporada.

—Muy lógico.

—Pero en nuestro departamento somos muy mal pensados, desconfiamos de todo. Decidimos no perder de vista a la señora Betterton. Ayer salió de Inglaterra y vino a Casablanca.

—¿Casablanca?

—Sí, de camino a otros lugares de Marruecos. Todo

a la vista, con un plan trazado y reservas con antelación. Pero es posible que este viaje de la señora Betterton a Marruecos termine llevándola a lo desconocido.

Hilary se encogió de hombros.

—No veo cómo encajo yo en todo esto.

Jessop sonrió.

—Encaja porque tiene una espléndida melena roja, señora Craven.

—¿Melena?

—Sí. Es el rasgo más sobresaliente de la señora Betterton: su melena. Quizá se haya enterado de que el avión anterior al suyo se estrelló al aterrizar.

—Sí. Yo debería haber estado en ese avión. Tenía un billete reservado.

—Muy interesante. Bien, la señora Betterton viajaba en ese avión, pero no ha muerto. La sacaron con vida de los restos del accidente y ahora está en el hospital, aunque, según los médicos, no llegará a mañana.

Una pequeña luz se encendió en el cerebro de Hilary, que lo miró interrogativamente.

—Sí —confirmó Jessop—, tal vez vea la forma de suicidio que le ofrezco. Sugiero que la señora Betterton continúe su viaje. Le propongo que se convierta usted en la señora Betterton.

—Pero eso es imposible. Quiero decir que ellos enseguida se darán cuenta de que yo no soy la señora Betterton.

Jessop ladeó la cabeza.

—Eso, desde luego, depende completamente de quiénes sean «ellos». Es un término muy vago. ¿Quiénes son «ellos»? ¿Existen unas personas que sean «ellos»? Lo ignoramos. Pero puedo decirle una cosa: si aceptamos la explicación más popular sobre quiénes son «ellos», entonces esas personas trabajan en células muy aisladas; lo hacen por su propia seguridad. Si el viaje de la señora Betterton tiene un propósito y ha sido planeado, entonces las personas que actúen aquí no sabrán nada de ella. En el momento convenido y en un sitio determinado, se pondrán en contacto con cierta mujer y continuarán desde aquí. La descripción que aparece en el pasaporte de la señora Betterton es la siguiente: estatura de un metro y setenta centímetros, pelirroja, ojos azules, boca mediana, sin marcas visibles.

—Pero las autoridades de aquí, sin duda...

—Por eso no tiene que preocuparse. Los franceses han perdido algunos científicos y químicos muy valiosos. Cooperarán. La película es la siguiente: la señora Betterton, que sufre una conmoción, es llevada al hospital. La señora Craven, otra pasajera del avión siniestrado, ingresa en el mismo hospital. Al cabo de uno o dos días, la señora Craven morirá en el hospital y la señora Betterton será dada de alta. No estará del todo repuesta de la conmoción, pero sí en condiciones de continuar su viaje. La catástrofe habrá sido tan auténtica como la conmoción; además, le proporcionará una buena excusa para muchas cosas, como algún lapsus de memoria y cierto comportamiento extraño.

—¡Qué locura! —exclamó la joven.

—Sí, es una locura. Se trata de una empresa difícil

y, si nuestras sospechas son ciertas, la matarán. Ya ve que le soy franco, pero, al parecer, usted está dispuesta a morir. Y teniendo en cuenta que la alternativa es arrojarse a la vía del tren, o algo por el estilo, yo diría que esto le resultará mucho más divertido.

De repente y contra todo pronóstico, Hilary se echó a reír.

—Creo que tiene usted razón.

—¿Lo hará?

—Sí, ¿por qué no?

—En ese caso —dijo Jessop, irguiéndose en su asiento con brío—, no hay tiempo que perder.

Capítulo 4

I

No es que hiciera frío en el hospital, pero daba esa sensación. Olía a desinfectante y de vez en cuando se oía el tintineo de los cristales y del instrumental de los carritos de cirugía procedente del pasillo.

Hilary Craven estaba sentada junto a una cama.

Olive Betterton yacía en ella, con la cabeza vendada. Había una enfermera a un lado de la cama y un médico, al otro. Jessop ocupaba una silla en un rincón. El doctor le habló en francés.

—No tardará mucho. El pulso es cada vez más débil.

—¿No recuperará el conocimiento?

—Eso no puedo decirlo —contestó el francés encogiéndose de hombros—. Es posible que sí, al final.

—¿No puede hacer nada..., algún estimulante?

El doctor negó con la cabeza y se marchó, seguido de la enfermera. La reemplazó una monja que se colocó a la cabecera de la cama, donde permaneció pasando las cuentas de su rosario. Hilary miró a Jessop y se acercó a él obedeciendo su gesto.

—¿Ha oído lo que ha dicho el doctor? —le preguntó él en voz baja.

—Sí. ¿Qué quiere preguntarle?

—Quiero que obtenga toda la información posible, cualquier contraseña, señales, mensajes, todo. ¿Comprende? Es más probable que le hable a usted que a mí.

—¿Quiere que traicione a alguien que se está muriendo? —dijo Hilary con repentina emoción.

Jessop ladeó la cabeza como un búho.

—¿Es eso lo que piensa?

—Sí.

—Muy bien. —La miró a los ojos—. Haga y diga lo que le parezca. ¡Yo no puedo tener escrúpulos! ¿Lo comprende?

—Desde luego, es su deber. Puede usted hacerle tantas preguntas como desee, pero no me pida que yo haga lo mismo.

—Usted es un agente libre.

—Hay otra cuestión que debemos discutir. ¿Hemos de decirle que se está muriendo?

—No lo sé. Tendré que pensarlo.

Ella asintió y volvió junto a la cama. Ahora sentía una profunda compasión por aquella mujer agonizante que se dirigía al encuentro del hombre amado. ¿O estaban todos equivocados y tal vez había ido a Marruecos simplemente en busca de tranquilidad, a la espera de tener noticias definitivas sobre si su marido estaba vivo o muerto?

Hilary hubiera querido saberlo.

Pasaba el tiempo. Habían transcurrido casi dos horas cuando cesó el chasquido de las cuentas del rosario y la monja dijo con voz suave e impersonal:

—Ha experimentado un cambio. Creo que se acerca el fin. Voy a buscar al doctor.

Salió de la habitación. Jessop se acercó a la cama y no se apartó de la pared, de modo que quedaba fuera del campo visual de la señora Betterton. Los párpados de la moribunda se agitaron y acabaron por abrirse.

Sus ojos azules se fijaron en Hilary. Los cerró para volver a abrirlos enseguida; en su mirada apareció un ligero aire de perplejidad.

—¿Dónde...?

La palabra se escapó de sus labios resecos en el momento en que entraba el médico. Le tomó el pulso sin dejar de mirarla.

—Está en el hospital, *madame* —le dijo—. El avión sufrió un accidente.

—¿El avión?

Repitió sus palabras con voz apenas audible.

—¿Hay alguien a quien desee ver en Casablanca? ¿Algún mensaje que quiera enviar?

Sus ojos se clavaron dolorosamente en el rostro del doctor.

—No.

Volvió a mirar a Hilary.

—¿Quién...?

Hilary se inclinó sobre ella y habló con suma claridad.

—Yo también vine de Inglaterra en avión. Si hay algo que pueda hacer por usted, dígamelo, por favor.

—No, nada. A menos...

—¿Qué?

—Nada.

Volvió a parpadear y entornó los ojos. Hilary alzó la cabeza; su mirada se encontró con la de Jessop y negó enérgicamente.

Jessop se adelantó para colocarse junto al doctor. La moribunda abrió los ojos. En su mirada apareció una expresión de reconocimiento.

—A usted lo conozco.

—Sí, señora Betterton, me conoce. ¿Quiere contarme algo acerca de su marido?

—No.

Los párpados cayeron sobre sus cansados ojos. Jessop dio media vuelta y abandonó la habitación. El doctor miró a Hilary.

—*C'est la fin!* —dijo en un susurro.

La mujer volvió a abrir los ojos. Su dolorida mirada recorrió el cuarto hasta fijarse en Hilary. Olive Betterton hizo un ligero gesto e, instintivamente, la joven tomó aquella mano blanca y fría entre las suyas. El médico se encogió de hombros y se despidió con una leve reverencia. Las dos mujeres se quedaron solas. Olive Betterton intentaba hablar.

—Dígame, dígame...

Hilary comprendió lo que le preguntaba, y de repente tuvo muy claro cómo debía actuar. Se inclinó decidida sobre la moribunda.

—Sí —dijo en voz clara—, se está usted muriendo. Es eso lo que quería saber, ¿verdad? Ahora, escúcheme: voy a tratar de llegar hasta su marido. ¿Quiere darme algún mensaje para él, por si tengo éxito?

—Dígale..., dígale que tenga cuidado. Boris... Boris es peligroso.

Su voz volvió a apagarse en un suspiro. Hilary se inclinó todavía más.

—¿Hay algo que pueda ayudarme en mi viaje? ¿A ponerme en contacto con su marido?

—Nieve.

La palabra sonó tan leve que intrigó a Hilary.

—¿Nieve? ¿Nieve? —repitió sin comprender.

Una risita débil, fantasmal, salió de los labios de Olive Betterton, seguida de unas palabras apenas audibles:

—«¡Nieve, nieve, hermosa nieve! ¡Resbalas en una bola y allá vas!» —Repitió la última palabra—: ¿Vas, vas? Pues vaya y dígale lo de Boris. Yo no lo creo. No quería creerlo. Pero tal vez sea cierto. Si es así..., si es así... —Una mirada agonizante apareció en los ojos de Olive—. Tenga cuidado.

Un ruido extraño, como un castañeteo, salió de su garganta. Sus labios se contrajeron.

Olive Betterton había muerto.

II

Aunque desde el punto de vista físico fueron inactivos, los cinco días siguientes resultaron mentalmente extenuantes. Confinada en una habitación del hospital, Hilary se puso a trabajar. Cada noche pasaba revista de lo que había aprendido durante el día. Todos los aspectos de la vida de Olive Betterton de que disponían se ponían por escrito, y ella tenía que aprendérselos de memoria: las casas en las que había vivido, los nombres de las personas que se ocupaban de limpiarlas, sus parientes, el nombre de su perro y el de su canario; todos y cada uno de los detalles de sus seis meses de vida matrimonial con Thomas Betterton. Su boda, quiénes fueron las damas de honor, qué vestidos llevaron. El estampado de las cortinas, las alfombras y los tapizados. Los gustos de Olive Betterton, sus predilecciones y sus actividades diarias. Su comida y su bebida preferidas. Hilary se quedó maravillada ante la cantidad de información, aparentemente insignificante, que habían reunido. En cierta ocasión le dijo a Jessop:

—¿Algo de todo esto es importante?

—Es probable que no —replicó él sin inmutarse—. Pero usted tiene que convertirse en el personaje original. Imagínese que es escritora y que está trabajando en una novela cuya protagonista es una mujer. Se llama Olive. Usted describe escenas de su niñez, de su adolescencia. Luego de su matrimonio, de la casa en que vive. Mientras, ella se va convirtiendo en un ser real para usted. Luego repite la experiencia, pero esta vez como si escribiera una autobiografía en primera persona. ¿Comprende lo que quiero decir?

Hilary asintió despacio, impresionada a su pesar.

—No puede creerse Olive Betterton hasta que sea Olive Betterton. Sería mucho mejor si dispusiera de tiempo para aprenderlo todo, pero no es el caso. Así pues, debo empaparla de información como a un estudiante que se presenta a un examen difícil e importante. —Y añadió—: Gracias a Dios, tiene usted una inteligencia despierta y una buena memoria.

Las descripciones que aparecían en los pasaportes de Olive Betterton y Hilary Craven casi coincidían, pero sus rostros eran completamente distintos. Olive Betterton había sido una mujer de una belleza vulgar e insignificante; obstinada, pero no inteligente. En cambio, el rostro de Hilary tenía fuerza y algo intrigante. Sus ojos azules mostraban inteligencia y viveza bajo sus oscuras cejas; su boca se curvaba hacia arriba en una línea amplia y generosa, y el corte de su mentón era perfecto. Un escultor hubiera considerado sus rasgos faciales cuando menos interesantes.

«Aquí hay pasión y cerebro —pensó Jessop—. Y, en alguna parte, reprimido, pero no muerto, hay un espíritu alegre y resuelto que disfruta de la vida y busca la aventura.»

—Lo conseguirá. Es una buena discípula.

Aquel desafío a su intelecto y a su memoria habían estimulado a la joven. Su interés crecía, y deseaba tener éxito en su empresa. Se le ocurrieron un par de objeciones y se las comunicó a Jessop.

—Usted dice que me aceptarán como Olive Betterton; que ignoran qué aspecto tiene, excepto a grandes rasgos. Pero ¿cómo puede estar tan seguro?

—No podemos estar seguros de nada. —Jessop se encogió de hombros—. Sin embargo, sabemos bastante bien cómo funcionan estas cosas, y existe muy poca comunicación entre un país y otro. La verdad es que eso representa una gran ventaja para ellos. Si consiguiéramos descubrir un eslabón débil en Inglaterra —y le aseguro que todas las organizaciones tienen siempre un punto débil—, ese eslabón de la cadena no sabría nada de lo que ocurre en Francia, Italia, Alemania, o donde sea, y nos estrellaríamos contra un muro. Ellos solo conocen su pequeño papel en el esquema general, nada más. Lo mismo ocurre en todas partes. Juraría que lo único que sabe de Olive Betterton la célula que opera aquí es que llegará en tal avión y que hay que darle tales instrucciones.

»Debe comprender que ella no es importante. Si piensan llevarla hasta su marido es porque él quiere que lo hagan y porque ellos creen que él trabajará mejor teniéndola a su lado. La mujer es un mero peón en el juego.

»También debe recordar que la idea de sustituir a Olive Betterton se ha improvisado a partir del accidente de avión y del color de sus cabellos. Nuestro plan era seguir a Olive Betterton y averiguar adónde iba, cómo y con quién se encontraba. Y eso es lo que esperarán los del bando contrario.

—¿Y no lo han intentado antes? —preguntó Hilary.

—Sí, se intentó en Suiza con gran discreción. Y fue un fracaso en lo que se refiere a nuestro principal objetivo. No sabemos si alguien se puso en contacto con ella allí. De modo que el contacto debió de ser muy breve. Naturalmente, ellos esperarán que alguien le siga los pasos a Olive Betterton. Estarán preparados para eso. Lo que nos corresponde a nosotros es realizar el trabajo más a conciencia que la última vez. Tenemos que intentarlo, y ser más astutos que nuestros adversarios.

—¿De modo que ustedes me seguirán?

—Desde luego.

—¿Cómo?

Él negó con la cabeza.

—No se lo diré. Es mucho mejor para usted no saberlo. Lo que no sepa no podrá contarlo.

—¿Usted cree que lo diría?

Jessop volvió a adoptar la expresión de búho.

—Ignoro lo buena actriz que es usted, si sabe mentir. No es fácil, comprenda. No se trata de decir algo indiscreto. Puede ser cualquier cosa: un repentino sobresalto; una pausa momentánea en una acción, como encender un cigarrillo, reconocer un nombre o a un amigo. Aunque tuviera facilidad para disimular, un solo instante de vacilación sería suficiente.

—Eso significa estar en guardia en todo momento.

—Exacto. Mientras tanto, seguiremos con las lecciones. Es como volver a la escuela, ¿no le parece? Ahora que conoce bastante bien a Olive Betterton, pasemos a otra cosa distinta.

Claves, contraseñas, respuestas, situaciones cambiantes. La lección continuó: el interrogatorio, las repeticiones, los intentos de confundirla, de hacerla caer; luego, situaciones hipotéticas para ver sus reacciones.

Al fin, Jessop se declaró satisfecho.

—Servirá —le dijo dándole unas palmaditas en el hombro—. Es una buena alumna. Y recuerde esto: aunque muchas veces le parezca que está sola, probablemente no será así. Digo probablemente, ya que no puedo prometerle nada. Son unos tipos muy listos.

—¿Qué ocurrirá si llego al término de mi viaje?

—¿Qué quiere decir?

—Me refiero a si al fin me veo frente a Tom Betterton.

Jessop asintió con gravedad.

—Sí, ese es el punto más peliagudo. Solo puedo decirle que, si todo ha salido bien, en ese momento tendrá usted protección. Es decir, si las cosas han ido como esperábamos. Pero, como supongo que recuerda, el concepto básico de la operación es que hay pocas probabilidades de que usted sobreviva.

—¿No dijo un uno por ciento? —replicó Hilary secamente.

—Creo que ahora podemos ampliarlo un poco. No sabía cómo era usted.

—No, supongo que no —replicó ella, pensativa—. Supongo que para usted solo era...

Jessop concluyó la frase por ella.

—... una mujer con una magnífica cabellera pelirroja y sin valor para seguir viviendo.

Ella se sonrojó.

—Es un juicio muy duro.

—Pero es cierto, ¿no? No acostumbro a sentir compasión por los demás. En primer lugar, es insultante. Solo se siente compasión por las personas que se compadecen de sí mismas. La autocompasión es una de las principales trabas en este mundo.

—Tal vez tenga razón. ¿Se compadecerá de mí cuando me hayan liquidado, o como se diga, en el cumplimiento de esta misión?

—¿Compadecerla? No. Maldeciré haber perdido a alguien por quien valía la pena preocuparse un poco.

—Vaya, al fin un cumplido. —Muy a su pesar, se sentía complacida. Continuó en tono práctico—: Se me ocurre otra cosa: usted dice que es probable que nadie sepa cómo es Olive Betterton, pero ¿y si alguien me reconoce a mí? Yo no conozco a nadie en Casablanca, pero hay personas que viajaron conmigo en el avión. O tal vez me tropiece con algún conocido entre los turistas que vienen aquí.

—No necesita preocuparse por los pasajeros del avión. Las personas que salieron de París con usted eran hombres de negocios que continuaron hasta Dakar. Irá usted a otro hotel cuando salga de aquí, al hotel donde esperaban a la señora Betterton. Llevará sus ropas y su peinado, y algunas tiras de esparadrapo en las sienes que le darán un aspecto muy distinto. Por cierto, va a venir un médico para prepararla. No le hará daño, usaremos anestesia local, pero es necesario que tenga algunas señales auténticas del accidente.

—Son ustedes muy concienzudos.

—Debemos serlo.

—No me ha preguntado si Olive Betterton me dijo algo antes de morir.

—Tuve la impresión de que tenía usted escrúpulos.

—Lo siento.

—No lo sienta. La respeto por eso. Yo también quisiera tenerlos, pero mi trabajo no me lo permite.

—Dijo algo que tal vez deba saber. Me dijo: «Dígale», refiriéndose a su marido... «Dígale que tenga cuidado. Boris es peligroso».

—Boris. —Jessop repitió el nombre con interés—. ¡Ah! Nuestro correcto extranjero, el comandante Boris Glydr.

—¿Lo conoce? ¿Quién es?

—Un polaco. Vino a verme a Londres. Se supone que es primo político de Tom Betterton.

—¿Se supone?

—Digamos mejor que, si de verdad es quien pretende ser, es primo de la difunta primera señora Betterton. Pero solo tenemos su palabra.

—Olive estaba asustada —explicó Hilary frunciendo el ceño—. ¿Sabría describirlo? Me gustaría poder reconocerlo.

—Sí. Quizá se lo encuentre. Un metro ochenta. Ochenta kilos. Rubio, cara de póquer, ojos claros, modales extranjeros. Habla un inglés muy correcto, pero con un acento muy marcado, y su porte es marcial.

—Y añadió—: Lo seguimos desde que abandonó mi despacho. Nada en particular. Fue derecho a la Embajada de Estados Unidos, completamente normal. Me había enseñado una carta de presentación de dicha embajada, de esas que acostumbran a enviar cuando desean ser amables y no comprometerse. Presumo que salió de allí en el automóvil de otra persona o por la puerta trasera, tal vez disfrazado o algo por el estilo. El caso es que nos despistó. Sí, yo diría que es posible que Olive Betterton tuviera razón al decir que Boris Glydr es peligroso.

Capítulo 5

I

En el pequeño salón del hotel Saint Louis había sentadas tres señoras, cada una enfrascada en sus asuntos.

La señora Calvin Baker era bajita, regordeta, tenía unos cabellos blancos con toques azulados, y escribía cartas con la misma energía que aplicaba a todas sus actividades. Nadie la hubiera tomado por otra cosa que no fuera una acomodada viajera norteamericana, con una sed insaciable por obtener detalles precisos sobre cualquier cosa bajo el sol.

La señorita Hetherington, sentada en una incómoda butaca estilo Imperio, era la inconfundible viajera inglesa: tejía una de las melancólicas prendas de corte ambiguo que las damas inglesas de mediana edad siempre tejen. Era alta y delgada, con el cuello descarnado, los cabellos mal peinados y una expresión de desaprobar moralmente a todo el universo.

Mademoiselle Jeanne Maricot, acomodada con gracia en una silla de respaldo recto, contemplaba lo que ocurría al otro lado de la ventana, bostezando de cuando en cuando. Era una morena teñida de rubio, de rostro vulgar pero provocativo a causa del maquillaje. Vestía con elegancia y no demostraba el menor interés por las otras ocupantes del salón, a quienes despreciaba en secreto por ser justo lo que eran. Estaba experimentando un gran cambio en su vida amorosa y no estaba dispuesta a desperdiciar el tiempo con aquellas estúpidas turistas.

Después de pasar dos noches bajo el techo del hotel Saint Louis, la señorita Hetherington y la señora Calvin Baker habían trabado amistad. La señora Calvin Baker, campechana como todas las norteamericanas, charlaba con todo el mundo. Y la señorita Hetherington, a pesar de que ansiaba tener compañía, hablaba solo con ingleses y estadounidenses que, a su juicio, tuvieran cierto rango social. Con los franceses no se trataba a menos que llevaran una respetable vida familiar, como el matrimonio que sentaba a sus hijos a su mesa en el comedor del hotel.

Un hombre francés con aspecto de empresario adinerado echó una ojeada al salón e, intimidado por el ambiente de solidaridad femenina, volvió a salir tras dirigir una mirada melancólica a *mademoiselle* Maricot.

La señorita Hetherington comenzó a contar puntos para sí:

—Veintiocho, veintinueve... ¿Y ahora qué he podido hacer mal? ¡Oh, ya sé!

Una mujer alta, con el pelo rojo, asomó la cabeza al salón y enfiló el pasillo hacia el comedor. La señora Calvin Baker y la señorita Hetherington se pusieron en alerta de inmediato.

—¿Ha visto a esa mujer pelirroja que se ha asomado, señorita Hetherington? —susurró emocionada la señora Baker desde el escritorio—. Dicen que es la única superviviente del avión que se estrelló la semana pasada.

—La he visto llegar esta tarde —respondió la señorita Hetherington, a quien la excitación le hizo perder otro punto—. En ambulancia.

—Directamente desde el hospital, me ha dicho el gerente. Me pregunto si habrán hecho bien en darle el alta tan pronto. Creo que sufrió una fuerte conmoción.

—Lleva un vendaje en la cara; cortes quizá producidos por los cristales. Tuvo suerte de no quemarse. Creo que lo más terrible de estos accidentes de aviación son las quemaduras.

—No quiero ni pensarlo. Pobrecilla. Me pregunto si iría acompañada de su marido y si él murió en la catástrofe.

—No lo creo. —La señorita Hetherington negó con la cabeza—. Los periódicos hablaban de una pasajera.

—Es cierto. Y también venía su nombre. Una tal señora Beverly. No, Betterton, eso es.

—Betterton —repitió la inglesa, pensativa—. Ese

nombre me recuerda algo. Betterton. En los periódicos. Oh, sí, estoy segura de que era ese nombre.

Mademoiselle Maricot dijo, para sus adentros: «*Tant pis pour Pierre. Il est vraiment insupportable! Mais le petit Jules, lui, il est bien gentil. Et son père est très bien placé dans les affaires. Enfin, je me décide!*».*

Y con un andar ágil y atlético, *mademoiselle* Maricot salió del salón y de la historia.

II

«La señora de Thomas Betterton» había abandonado el hospital aquella tarde, a los cinco días del accidente. Una ambulancia la condujo hasta el hotel Saint Louis.

Muy pálida, con aspecto enfermizo y el rostro vendado, fue acompañada a su habitación por el gerente. El hombre se deshizo en atenciones con ella.

—¡Cuántas emociones debe de haber experimentado, *madame*! —comentó después de preguntarle con amabilidad si le satisfacía la habitación, y de encender todas las luces, cosa innecesaria—. ¡Y qué suerte haber salido con vida! ¡Qué milagro! ¡Qué afortunada ha sido! Solo tres supervivientes, y tengo entendido que uno de ellos se halla todavía muy grave.

---

* En francés: «Tanto peor para Pierre. Es verdaderamente insoportable. Pero el pequeño Jules es muy agradable. Y su padre está bien situado en los negocios. En fin, ¡me decido!». *(N del t.)*

Hilary se dejó caer en la butaca.

—Sí, desde luego —murmuró—. Apenas puedo creerlo. Incluso ahora recuerdo muy poco. Las últimas veinticuatro horas anteriores al accidente todavía me parecen muy confusas.

El gerente asintió con simpatía.

—Ah, sí. Es el resultado de la conmoción. Eso le ocurrió a mi hermana. Durante la guerra estaba en Londres. Cayó una bomba y ella perdió el conocimiento. Luego se levantó, estuvo paseando por la ciudad y tomó un tren en la estación de Euston. Y, *figurez-vous*, se despertó en Liverpool y no recordaba nada de la bomba ni de su paseo por Londres ni del tren. Lo último que recordaba era que estaba colgando un vestido en su armario de Londres. Son cosas muy curiosas, ¿verdad?

Hilary convino en que sí lo eran, y el gerente se retiró con una reverencia. La joven se levantó para mirarse al espejo. Estaba tan compenetrada con su nueva personalidad que sentía la flojedad de sus miembros, cosa natural en quien acababa de abandonar el hospital tras una grave dolencia.

Había preguntado en la recepción, pero nadie le había dejado ningún recado, ni tampoco ninguna carta. Los primeros pasos en su nueva vida tendría que darlos a ciegas. Quizá Olive Betterton tuviera que telefonear o encontrarse con alguna persona en Casablanca. En cuanto a esto, no tenían la menor pista. Todo lo que sabían se reducía al pasaporte de Olive Betterton, su tarjeta de crédito y la cartera de la agencia Cook con los billetes y las reservas: dos días de estancia en Casablanca, seis en Fez y cinco en Marrakech.

Claro que ahora aquellas reservas habían caducado y tendrían que renovarse. Habían hecho de nuevo el pasaporte y la tarjeta de crédito. Ahora la fotografía del pasaporte era la de Hilary, y la firma de la tarjeta de crédito decía «Olive Betterton», pero con la letra de Hilary. Sus credenciales estaban todas en orden. Solo le quedaba representar bien su papel y aguardar. Su mejor carta era el accidente del avión, que explicaba la pérdida de memoria y el despiste general.

El accidente era auténtico y, efectivamente, Olive Betterton viajaba a bordo del avión. La conmoción sufrida disculparía que dejara de poner en práctica las instrucciones que pudiera haber recibido. Atontada, débil y desorientada, Olive Betterton esperaría nuevas órdenes.

En su caso, lo más natural sería descansar; por lo tanto, se tendió en la cama. Durante dos horas repasó todo lo que le habían enseñado. El equipaje de Olive había acabado destruido en la catástrofe.

Hilary tenía solo unas pocas cosas que le habían dado en el hospital. Se pasó el peine por los cabellos, se retocó el carmín de los labios y bajó al comedor para cenar.

Notó que la observaban con cierto interés. Había varias mesas ocupadas por hombres de negocios que apenas le dirigieron la mirada, pero observó que, en otras, evidentemente ocupadas por turistas, los comensales cuchicheaban.

—Esa mujer de allí, la pelirroja, viajaba a bordo del avión que se estrelló, querida. Sí. Ha venido del hospital en ambulancia. Yo la he visto llegar. Todavía parece muy maltrecha. No sé si han hecho bien en darle el alta médica tan pronto... Qué experiencia más terrible. ¡Escapó de milagro!

Después de cenar, Hilary se sentó en el salón y se preguntó si alguien la abordaría. Había un par de señoras y, finalmente, la más baja y regordeta, la que tenía reflejos azules en los cabellos, ocupó una silla vecina a la suya y comenzó a charlar con agradable y vivaz acento norteamericano.

—Espero que me perdone, pero me gustaría hablar con usted. ¿Es la pasajera que sobrevivió milagrosamente al accidente aéreo del otro día?

Hilary dejó la revista que estaba leyendo.

—Sí —le contestó.

—¡Vaya! Debió de ser terrible. Me refiero a la catástrofe. Dicen que solo hay tres supervivientes. ¿Es cierto?

—Dos, en realidad —replicó Hilary—. Uno de los tres murió en el hospital.

—¡Vaya! ¡No me diga! Si me permite que le haga una pregunta, señorita..., señora...

—Betterton.

—Bueno, si no le molesta, ¿puede decirme dónde iba sentada en el avión? ¿En la parte delantera o cerca de la cola?

Hilary conocía la respuesta y la soltó en el acto.

—Cerca de la cola.

—Siempre dicen que es el lugar más seguro, ¿verdad? Yo siempre insisto en que me coloquen cerca de las puertas de atrás. ¿Ha oído, señorita Hetherington? —Volvió la cabeza para incluir en la conversación a la otra dama de mediana edad. Se trataba de una mujer inglesa de rostro alargado, triste y de aspecto caballuno—. Es lo que yo le decía el otro día. Siempre que viaje en avión no consienta que la azafata la coloque en la parte delantera.

—Supongo que alguien tendrá que sentarse delante —dijo Hilary.

—Bueno, pero no seré yo —respondió con presteza su nueva amiga—. A propósito, mi nombre es Baker, señora Calvin Baker.

Hilary se mostró encantada de hablar con ella y la señora Baker monopolizó la conversación con suma facilidad.

—Yo acabo de llegar de Mogador, y la señorita Hetherington, de Tánger. Nos hemos conocido aquí. ¿Va usted a visitar Marrakech, señora Betterton?

—Tenía esa intención —respondió Hilary—. Pero, claro, este accidente ha desbaratado todos mis planes.

—Desde luego, lo comprendo. Pero, la verdad, no debe dejar de ver Marrakech. ¿No le parece, señorita Hetherington?

—Marrakech resulta carísimo —replicó la aludida—. Y esa miserable cantidad de dinero que nos permiten llevar lo hace todo muy difícil.

—Hay un hotel maravilloso, el Mamounia —continuó la señora Baker.

—Carísimo —insistió la señorita Hetherington—. Está fuera de mi alcance. Claro que para usted es distinto, señora Baker. Me refiero a los dólares. Sin embargo, alguien me dio el nombre de un hotel pequeño, pero muy bonito y limpio, y dicen que la comida no está del todo mal.

—¿Adónde más piensa ir, señora Betterton? —le preguntó la estadounidense.

—Quisiera visitar Fez —manifestó Hilary con precaución—. Claro que tendré que volver a reservar.

—Oh, sí, desde luego, no debe perderse Fez ni Rabat.

—¿Ha estado usted allí?

—Todavía no. Tengo pensado ir pronto, lo mismo que la señorita Hetherington.

—Creo que la ciudad antigua se conserva perfectamente —comentó la inglesa.

La conversación continuó durante un rato. Luego Hilary apeló al cansancio del primer día fuera del hospital y las dejó para subir a su habitación.

Hasta entonces todo había sido muy impreciso. Las dos mujeres pertenecían a un tipo tan corriente de turistas que resultaba difícil creer que fueran otra cosa que lo que aparentaban. Decidió que, a la mañana siguiente, si no recibía comunicación de ninguna clase, iría a la agencia Cook para hacer reservas nuevas en Fez y Marrakech.

Cuando se despertó, no había cartas ni mensajes ni llamadas telefónicas, y a las once emprendió el camino hacia la agencia de viajes. Había cola. Cuando al fin le tocó su turno y estaba hablando con el empleado, se produjo una interrupción. Otro encargado mayor y con gafas apartó de su lado al joven y saludó a Hilary animadamente.

—Señora Betterton, ¿verdad? Ya tengo todas sus reservas.

—Me temo que se han pasado las fechas —dijo Hilary—. He estado en el hospital y...

—Ah, *mais oui*, ya lo sé. Permítame que la felicite por haberse salvado, *madame*; pero recibí su mensaje telefónico pidiendo las reservas nuevas y ya las tenemos todas dispuestas.

Hilary sintió que se le aceleraba el pulso. Por lo que ella sabía, nadie había telefoneado a la agencia de viajes.

Aquellos eran signos definitivos de que los preparativos del viaje de Olive Betterton estaban supervisados.

—No estaba segura de si habían telefoneado o no.
—Pues sí, *madame*. Aquí tiene, se lo enseñaré.

Le mostró los billetes de ferrocarril, los resguardos de los hoteles; a los pocos minutos, ya habían realizado todas las transacciones. Hilary debía salir para Fez al día siguiente.

La señora Calvin Baker no acudió al restaurante ni a comer ni a cenar. La señorita Hetherington sí, y aunque correspondió al saludo de la joven cuando esta pasó junto a su mesa, no hizo nada para entablar conversación. Al día siguiente, tras efectuar algunas compras necesarias de vestidos y ropa interior, Hilary tomó el tren camino de Fez.

III

El día de la marcha de Hilary, la señora Calvin Baker entró en el hotel con su acostumbrada rapidez y fue abordada por la señorita Hetherington, cuya larga nariz temblaba de excitación.

—He recordado ese nombre: Betterton. Es un científico desaparecido. Lo publicaron todos los periódicos hará cosa de dos meses.

—Vaya, ahora me acuerdo. Un científico británico. Sí, había ido a París para un congreso.

—Sí, eso es. Me estuve preguntando si ella no sería su esposa. Miré en el registro y pone que su domicilio está en Harwell. Ya sabe que en Harwell está la planta atómica. Creo que esas bombas son una equivocación. Y el cobalto, un color muy bonito que usaba mucho cuando era pequeña para pintar, es el peor de todos. Tengo entendido que nadie puede sobrevivir. No deberían realizar esos experimentos. Alguien me comentó el otro día que su primo, que es un hombre muy listo, dijo que el mundo entero podría quedar afectado por la radiactividad.

—¡Vaya, vaya! —exclamó la señora Calvin Baker.

Capítulo 6

Casablanca desilusionó un poco a Hilary, con su aspecto de próspera ciudad francesa sin rastro alguno de misterio oriental, excepto por las multitudes en las calles.

El tiempo seguía siendo perfecto, soleado, y Hilary disfrutó contemplando el paisaje desde el tren en su viaje rumbo al norte. Un francés menudo que parecía viajar por trabajo ocupaba el asiento situado frente al suyo, y una monja que iba rezando el rosario se sentaba en el del rincón. Completaban el compartimento dos musulmanas cargadas de paquetes que no dejaban de charlar alegremente. Al ofrecerle fuego para que encendiera su cigarrillo, el francés entabló conversación con Hilary. Le fue señalando los puntos de interés por los que pasaban y le dio alguna indicación acerca del país. Le pareció un hombre interesante e inteligente.

—Debería ir a Rabat, *madame*. Es una gran equivocación no visitar Rabat.

—Veré si puedo ir. Pero no tengo mucho tiempo. Además —sonrió—, el dinero se acaba pronto. Ya sabe que no se nos permite sacar mucho al extranjero.

—Pero eso es muy sencillo. Se arregla con un amigo de aquí.

—No tengo ningún amigo en Marruecos.

—La próxima vez que viaje, *madame*, avíseme. Le daré mi tarjeta, y yo lo arreglaré todo. Suelo ir a Inglaterra por negocios, y usted puede pagarme allí. Es bien sencillo.

—Es usted muy amable, y espero volver a Marruecos.

—Debe de ser un gran cambio para usted, que viene de Inglaterra, un lugar tan frío, con tanta niebla y tan desagradable.

—Sí, es un gran cambio.

—Yo también llegué hace tres semanas de París. Entonces había niebla y llovía. En fin, un fastidio. Llegué aquí y todo es sol. El aire es frío, pero puro. ¿Qué tiempo hacía en Inglaterra cuando se marchó?

—Como usted dice —replicó Hilary—: mucha niebla.

—Ah, sí, es la estación de las nieblas. Y de la nieve. ¿No han tenido nieve este año todavía?

—No —contestó Hilary—, no ha nevado.

Se preguntó divertida si aquel francés tan viajero le hablaba del tiempo para seguir lo que él consideraba una correcta conversación inglesa. Le hizo algunas preguntas sobre la situación política en Marruecos y Argel, a las que respondió gustoso, mostrándose bien informado.

Al mirar al rincón del compartimento, vio que la monja la observaba con desaprobación. Las musulmanas se apearon y entraron nuevos pasajeros. Era de noche cuando llegaron a Fez.

—Permítame que la ayude, *madame*.

Hilary parecía bastante aturdida por el ruido y el bullicio de la estación. Los mozos árabes intentaban quitarle el equipaje de las manos gritando y desgañitándose para recomendar distintos hoteles.

Agradecida, se volvió hacia su nuevo amigo francés.

—Usted se dirige al Palais Djamai, *n'est-ce pas?*

—Sí.

—Muy bien. Está a ocho kilómetros de aquí.

—¿A ocho kilómetros? —Hilary se sintió desfallecer—. Entonces ¿no está en la ciudad?

—Está en la ciudad antigua —le explicó el francés—. Yo me hospedo en un hotel de la ciudad nueva, pero, para las vacaciones, el descanso y las diversiones, es natural que vaya al Palais Djamai. Era una antigua residencia de la nobleza marroquí. Tiene hermosos jardines, y desde allí se puede ir directamente a la vieja ciudad de Fez, que permanece inalterada. Me parece que los de su hotel no han enviado a nadie a recogerla. Si me lo permite, le buscaré un taxi.

—Es usted muy amable, pero...

El francés habló rápidamente en árabe con los mozos y, poco después, Hilary se acomodaba en un taxi en el que habían colocado su equipaje; el francés le dijo exactamente lo que debía dar a los mozos. También los despidió en árabe cuando protestaron por la propina. Se sacó una tarjeta del bolsillo y se la tendió.

—Mi tarjeta, *madame*, y si puedo ayudarla en algo en cualquier ocasión, llámeme. Estaré en el Gran Hotel los próximos cuatro días.

Se quitó el sombrero para saludarla y se marchó. Hilary miró la tarjeta y, antes de que el taxi se alejara de la luz de la estación, pudo leer:

MONSIEUR HENRI LAURIER

El taxi cruzó rápidamente la ciudad, salió al campo y enfiló una colina. Hilary trataba de ver por dónde iban, pero ya era noche cerrada. Salvo cuando pasaban junto a algún edificio iluminado, no veía nada. ¿Era allí, quizá, donde su viaje se apartaría de lo normal para entrar en lo desconocido? ¿Sería *monsieur* Laurier un emisario de la organización que había persuadido a Thomas Betterton para que dejara su trabajo, su casa y a su esposa? Permaneció acurrucada en un rincón del asiento trasero del taxi, nerviosa y preguntándose adónde la llevaban.

Sin embargo, el taxista la condujo directamente al Palais Djamai. Cuando Hilary cruzó el arco de la puerta, le encantó su interior oriental. Allí había largos divanes, mesitas bajas y alfombras nativas. Desde el mostrador de recepción la acompañaron, a través de varias habitaciones que se comunicaban unas con otras, hasta una terraza que, entre naranjos y olorosas flores, conducía a una escalera de caracol; por ella se llegaba a un acogedor dormitorio también de estilo oriental, aunque equipado con el confort moderno tan necesario para los viajes del siglo xx.

El botones la informó de que la cena se servía a las siete y media. Ella deshizo el equipaje, se aseó, se peinó y después bajó las escaleras. Atravesó el largo salón oriental, salió a la terraza y subió un tramo de escalones que comunicaba con el iluminado comedor.

La cena fue excelente; mientras Hilary comía, entraron y salieron varias personas del restaurante. Estaba demasiado cansada para observarlas y clasificarlas, pero hubo un par que le llamaron la atención. Sobre todo un hombre mayor de rostro cetrino y perilla. Se fijó en él por la extrema deferencia con que lo trataba el servicio. Le retiraban los platos y le servían los siguientes a la menor indicación. El más mínimo movimiento de una de sus cejas hacía acudir corriendo a un camarero. Se preguntó quién sería. La mayoría de los comensales eran sin duda turistas en viaje de recreo: un alemán en la gran mesa del centro; un hombre de mediana edad con una muchacha rubia muy bonita, tal vez fuesen suecos, o posiblemente daneses; una familia inglesa con dos pequeños; varios grupos de norteamericanos y tres familias francesas.

Después de cenar, se tomó el café en la terraza. Hacía fresco, pero no demasiado, y disfrutó del perfume de las flores. Se acostó temprano.

A la mañana siguiente, sentada en la terraza bajo la sombrilla de rayas que la protegía del sol, Hilary pensaba en lo fantástico de todo aquello. Allí estaba ella, fingiendo ser una mujer fallecida, y esperando que ocurriera algo melodramático y fuera de lo corriente.

Al fin y al cabo, ¿no era más que probable que la pobre Olive Betterton se hubiera marchado al extranjero solo para distraer su mente y su corazón de tristes pensamientos y amarguras? La pobre mujer debía de ser tan ajena a la verdad como los demás.

Desde luego, las palabras que había pronunciado antes de morir tenían una explicación muy sencilla. Había pedido que previnieran a Thomas Betterton contra alguien llamado Boris. Su mente había divagado..., aquella extraña canción..., y luego había dicho que al principio no lo había creído. Pero ¿el qué? Posiblemente que a Thomas Betterton se lo hubieran llevado de aquel modo. No había habido siniestras insinuaciones ni pistas útiles.

Hilary contempló la terraza. Era muy bonita y apacible. Los niños corrían de un lado a otro parloteando y sus mamás francesas los llamaban o los reprendían.

La joven rubia sueca se sentó a una de las mesas y bostezó. Sacó un pintalabios rosa pálido y retocó su ya impecable maquillaje. Se miró en el espejo y frunció el ceño levemente. Su acompañante, su marido, o quizá su padre, fue a reunirse con ella. La joven lo saludó muy seria y luego le habló con expresión airada, a lo que él contestó disculpándose.

El anciano de rostro cetrino y perilla subió a la terraza procedente del jardín. Tomó asiento en una mesa junto a la pared e inmediatamente un camarero se le acercó. El hombre le dio una orden y el camarero corrió a obedecerla. La rubia, muy agitada, cogió a su compañero del brazo y le hizo mirar al anciano.

Hilary pidió un martini y, cuando se lo sirvieron, le preguntó al camarero en voz baja:

—¿Quién es ese anciano que ocupa la mesa junto a la pared?

—¡Ah! —El camarero se inclinó con ademán teatral—. Es *monsieur* Aristides. Es fabulosamente rico, sí, sí, riquísimo.

Suspiró extasiado ante la contemplación de tanta riqueza, y Hilary observó aquella figura decrépita y encorvada, y se dijo que los camareros solo corrían y hablaban con reverencia a aquel desecho de la humanidad, seco y arrugado, porque era rico.

Aristides cambió de postura; por un momento, sus miradas se encontraron. Él la contempló un instante y luego apartó la vista.

«Al fin y al cabo no es tan insignificante», pensó Hilary. Aquellos ojos, a pesar de la distancia, resultaban vivaces e inteligentes.

La joven rubia y su acompañante se dirigieron al comedor. El camarero, que ahora parecía considerarse el guía y mentor de Hilary, se detuvo en su mesa para recoger las copas y le dio más información.

—*Ce monsieur-là* es un magnate sueco. Es muy rico e importante. Y la joven que lo acompaña es artista de cine, una nueva Garbo, según dicen. Muy elegante, muy bonita, pero siempre le monta escenas. Nada la satisface. Está, como dicen ustedes, «hasta las narices» de permanecer aquí en Fez, donde no hay joyerías ni otras mujeres ricas que admiren y envidien sus *toilettes*. Le exige que mañana la lleve a un lugar más divertido. Ah, no siempre son los ricos quienes pueden gozar de la paz y la tranquilidad de conciencia.

Tras pronunciar estas palabras con aire sentencioso, vio un dedo que le llamaba y echó a correr por la terraza.

—*Monsieur?*

La mayoría ya estaba en el comedor, pero Hilary había desayunado tarde y no tenía prisa por comer. Pidió otro martini. Un apuesto joven francés salió del bar y, al pasar ante ella, le dirigió una rápida y discreta mirada que, bien interpretada, quería decir: «¿Hay algo que hacer aquí?». Al bajar los escalones para dirigirse al jardín, cantó un fragmento de una canción:

> *Le long des lauriers roses,*
> *rêvant de douces choses.*

Las palabras despertaron un recuerdo en la mente de Hilary. *Le long des lauriers roses.* Laurier. ¿Laurier? Ese era el nombre del francés del tren. ¿Tendría alguna relación o era una coincidencia? Abrió el bolso y sacó la tarjeta: «Monsieur Henri Laurier, 3 Rue des Croissants, Casablanca». Le dio la vuelta y le pareció ver unas ligeras señales de lápiz en el dorso, como si hubieran escrito algo y luego lo hubiesen borrado. Trató de descifrarlas. «*Où sont*», comenzaba el texto; luego seguía algo que no comprendió y terminaba con las palabras «*D'Antan*». Por un momento creyó que podía ser un mensaje, pero luego negó con la cabeza y volvió a guardar la tarjeta en el bolso. Debía de tratarse de una anotación hecha en cualquier momento que luego borraron.

Una sombra cayó sobre ella. Alzó la mirada, sorprendida. La figura de Aristides le tapaba el sol. El anciano, sin embargo, no la miraba a ella; estaba pendiente de las colinas que se recortaban en la distancia, más allá de los jardines. Lo oyó suspirar. A continuación, Aristides se volvió bruscamente en dirección al comedor y, al hacerlo, la manga de su chaqueta golpeó la copa que había sobre la mesa y la hizo volar por los aires. Cuando se hizo pedazos contra el suelo de la terraza, él se volvió con presteza.

—*Ah, mille pardons, madame!* —se disculpó amablemente.

Hilary le replicó en francés que no tenía la menor importancia. El viejo movió un dedo y el camarero acudió a toda velocidad.

Aristides le ordenó que sirviera de nuevo a la señora y, después de disculparse una vez más, emprendió el camino hacia el comedor.

El joven francés, todavía tarareando, volvió a subir a la terraza y se detuvo ostensiblemente al pasar ante la mesa de Hilary; sin embargo, al ver que ella no le hacía caso, se fue a comer encogiendo los hombros filosóficamente.

Una familia francesa cruzó la terraza llamando a sus niños.

—*Mais viens donc, Bobo. Qu'est-ce que tu fais? Dépêche-toi!*

—*Laisse ta balle, chérie, on va déjeuner.*

Entraron en el restaurante; eran una familia alegre y muy feliz. De repente, Hilary se sintió muy sola y asustada.

El camarero le llevó su martini, y ella le preguntó si *monsieur* Aristides estaba solo en el hotel.

—Oh, *madame*, un hombre tan rico como *monsieur* Aristides nunca viaja solo. Ha venido con su ayuda de cámara, dos secretarios y el chófer.

El camarero pareció escandalizado ante la idea de que *monsieur* Aristides pudiera viajar sin compañía.

Sin embargo, cuando Hilary al fin se decidió a entrar en el comedor, observó que el anciano estaba solo, lo mismo que la noche anterior. En otra mesa cercana se hallaban dos jóvenes que ella tomó por sus secretarios, porque o uno u otro no perdía de vista la mesa donde el señor Aristides, arrugado como una pasa, comía sin acordarse de la existencia de ninguno de los dos. ¡Evidentemente, para él los secretarios no eran seres humanos!

La tarde transcurrió como en un sueño. Hilary se paseó por los jardines, descendiendo de una terraza a otra. La paz y la belleza de aquel lugar eran asombrosas. El murmullo del agua, el dorado color de las naranjas, su aroma, las innumerables fragancias. Era el ambiente oriental de aislamiento lo que la satisfizo. «Como un jardín cerrado es mi hermana, mi esposa.» Esto era lo que debía ser un jardín, un lugar apartado del mundo y lleno de verdor y tonos dorados. «Si pudiera quedarme aquí —pensó Hilary—. Si pudiera, me quedaría aquí para siempre.»

No era el jardín del Palais Djamai lo que tenía en su pensamiento, sino el estado de ánimo que simbolizaba. Cuando ya no buscaba la paz, la había encontrado. Y la tranquilidad de espíritu le llegaba en el momento en el que se había comprometido con el peligro y la aventura.

Sin embargo, quizá no habría tales peligros ni aventuras. Quizá pudiera quedarse allí sin que ocurriese nada. Y luego...

Luego, ¿qué?

Se alzó una ligera y fresca brisa. Hilary se estremeció involuntariamente. Uno se refugia en el jardín de la vida tranquila, pero al fin lo traicionan desde dentro. Y ella llevaba en su interior el torbellino del mundo, la dureza de la vida, las penas y las desilusiones.

Declinaba la tarde y el sol había perdido fuerza. Hilary subió las terrazas y entró en el hotel.

En la penumbra del Salón Oriental vio moverse algo alegre e inquieto; cuando sus ojos se acomodaron al cambio de luz, descubrió a la señora Calvin Baker, con los cabellos más azules que nunca y un aspecto tan impecable como siempre.

—Acabo de llegar en avión —le explicó—. ¡No puedo soportar esos trenes que tardan tanto! ¡Y la gente que viaja en ellos es tan poco higiénica! En estos países no tienen la menor idea de lo que es la higiene. Querida, tendría que ver la carne que venden en los zocos, toda cubierta de moscas. Creen que es natural que las moscas se paseen por todas partes.

—Y supongo que lo es —dijo Hilary.

La señora Calvin Baker no iba a dejar pasar un comentario tan hereje.

—Soy una defensora del Movimiento por una Alimentación Salubre. En mi país, todos los alimentos perecederos están envueltos en celofán, pero incluso en Londres el pan y los pasteles están sin envolver. Ahora, cuénteme, ¿qué es lo que ha estado haciendo? Supongo que hoy habrá recorrido la ciudad antigua...

—Me temo que no he hecho nada —confesó Hilary con una sonrisa—. Me he limitado a tomar el sol.

—Ah, claro. Olvidaba que acaba de salir del hospital. —Era evidente que, para la señora Calvin Baker, solo una reciente enfermedad podía servir como pretexto para no visitar la ciudad—. ¿Cómo puedo ser tan tonta? Cierto es que, después de una conmoción como la suya, lo mejor es descansar en una habitación a oscuras la mayor parte del día. Ya haremos algunas excursiones juntas. Soy de esas personas que gustan de tener todo el día ocupado, todo planeado y dispuesto de antemano, hasta el más mínimo detalle.

En su presente estado de ánimo, a Hilary aquello le pareció un anticipo del infierno, pero felicitó a la señora Calvin Baker por su energía.

—Yo diría que, para mi edad, sé desenvolverme bastante bien. Casi nunca me canso. ¿Se acuerda de la señorita Hetherington, de Casablanca? Aquella inglesa de cara larga. Llega esta noche. Prefiere el tren al avión. ¿Quién se hospeda en el hotel? Supongo que la mayoría serán franceses y parejas de recién casados. Ahora voy a ver mi nueva habitación. No me gustó la que me dieron y han prometido cambiármela.

La señora Baker se alejó como un diminuto torbellino.

Cuando Hilary entró en el comedor aquella noche, lo primero que vio fue a la señorita Hetherington, sentada a una mesita contra la pared, cenando mientras leía un libro.

Después de la cena, las tres mujeres tomaron café juntas y la señorita Hetherington mostró un agradable interés por el magnate sueco y la estrella de cine.

—Tengo entendido que no están casados —comentó disimulando su placer con un gesto de desaprobación—. Es algo frecuente en el extranjero. Aquella familia francesa parece muy formal, y los niños quieren mucho a su padre. Claro que a los niños franceses les permiten estar levantados hasta muy tarde. Muchas veces no se acuestan hasta después de las diez, y toman lo que les apetece de la carta, en vez de leche y bizcochos, como corresponde.

—Pues parecen muy sanos —dijo Hilary, riendo maquinalmente.

—Ya lo pagarán después —replicó la señorita Hetherington con desaprobación—. Sus padres incluso les permiten beber vino. —Su horror no podía llegar más lejos.

La señora Calvin Baker comenzó a hacer planes para el día siguiente.

—No creo que vaya a ver la ciudad antigua. Ya la recorrí concienzudamente la última vez. Es muy interesante y parece un laberinto. Es un mundo aparte. De no haber sido por el guía, dudo de que hubiera sabido regresar al hotel. Allí pierde una el sentido de la orientación. Pero el guía era un hombre muy agradable y me contó un sinfín de cosas interesantes. Tenía un hermano en Estados Unidos, en Chicago, creo que dijo. Luego, cuando terminamos de ver la ciudad, me llevó a una fonda, o quizá era un salón de té, en lo alto de las colinas que dominan la ciudad antigua; una vista maravillosa. Por supuesto, tuve que beber ese terrible té con menta, que de verdad resulta bastante desagradable, y querían que comprara varias cosas, algunas bastante bonitas, pero otras eran quincalla. Hay que mostrarse muy firme, ¿sabe?

—Sí, desde luego —convino la señorita Hetherington, que añadió con tristeza—: Y, por supuesto, no se puede malgastar el dinero en recuerdos. Las restricciones monetarias son una lata.

Capítulo 7

I

Hilary esperaba no tener que ir a la ciudad medieval de Fez en la deprimente compañía de la señorita Hetherington. Por suerte, la señora Baker invitó a la turista inglesa a hacer una excursión en coche.

Como la señora Baker corría con los gastos, la señorita Hetherington aceptó encantada, ya que el dinero que llevaba consigo iba disminuyendo de un modo alarmante. Hilary se informó en el hotel y salió acompañada de un guía dispuesta a visitar la ciudad de Fez.

Desde la terraza principal fueron descendiendo a otras inferiores hasta llegar al muro de abajo, donde había una puerta enorme. El guía sacó una llave de tamaño gigantesco, abrió la puerta y se hizo a un lado para dejar pasar a Hilary.

Era como entrar en otro mundo. A su alrededor se alzaban las murallas de la antigua Fez. Calles estrechas e intrincadas, muros altos y, de cuando en cuando, un interior o un patio al otro lado de alguna puerta abierta. A su alrededor pasaban asnos cargados, hombres con bultos, mujeres cubiertas con velo o descubiertas; en fin, la bulliciosa vida secreta de aquella ciudad árabe. Vagando por las callejuelas olvidó todo lo demás: su misión, la tragedia de su vida pasada, incluso se olvidó de sí misma. Era todo ojos y oídos, viviendo y paseando por aquel mundo de ensueño. La única molestia era el guía, que no cesaba de charlar y la apremiaba para que entrase en varios establecimientos que no le despertaban la menor curiosidad.

—Ya verá, señora: este hombre tiene cosas muy bonitas, baratas, antiguas y auténticamente árabes. Vestidos y sedas. ¿Le gustan los collares de cuentas?

El eterno comercio de oriente vendiendo a occidente continuaba, pero apenas perturbaba el encanto del lugar. Muy pronto perdió el sentido de la orientación; dentro de aquella ciudad amurallada apenas tenía idea de si se dirigía al norte o al sur, o de si volvía a recorrer las mismas calles que acababa de cruzar. Estaba casi exhausta cuando el guía le hizo la última sugerencia, que evidentemente formaba parte de la costumbre.

—Ahora voy a llevarla a una casa muy bonita. Fantástica. Son amigos míos. Podrá tomar té con menta y le enseñarán cosas preciosas.

Hilary reconoció la jugada descrita por la señora Calvin Baker. No obstante, estaba dispuesta a ver todo lo que le propusieran. Se prometió que volvería sola a la ciudad vieja para recorrerla sin aquel guía charlatán pisándole los talones. Así pues, se dejó llevar a través de una puerta y siguió por un sendero sinuoso que ascendía hasta más arriba de los muros de la ciudad. Al fin llegaron a un jardín que rodeaba una atractiva casa de estilo nativo.

En un salón de la casa desde el que se dominaba toda la ciudad, la invitaron a sentarse ante una mesita. A su debido tiempo, les sirvieron los vasos de té con menta. A Hilary no le gustaba el té con azúcar, y al principio le costó un gran esfuerzo bebérselo; pero se imaginó que se trataba de una nueva clase de limonada, y al final casi lo disfrutó.

También le agradó que le mostraran alfombras, abalorios, telas bordadas y otras muchas cosas. Hizo un par de adquisiciones de poca importancia, más para corresponder a las atenciones de los vendedores que por verdadero interés.

—Tengo un coche preparado —le dijo el infatigable guía— y la llevaré a dar un paseo de más o menos una hora para que vea el hermoso paisaje. Luego regresaremos al hotel. —Y, con expresión muy discreta, añadió—: Esta joven la acompañará primero al bonito tocador.

La muchacha que había servido el té la contemplaba sonriente.

—Sí, sí, *madame* —dijo en inglés—. Venga conmigo. Tenemos un tocador muy bonito. Idéntico al del hotel Ritz. Como los de Nueva York o Chicago. ¡Ya verá!

Sonriendo, Hilary la siguió. El tocador apenas hacía honor a la propaganda, pero por lo menos tenía agua corriente. Había un lavabo y un espejo rajado que reflejó un rostro tan desfigurado que al verlo Hilary se asustó. Se lavó las manos y se las secó con su propio pañuelo, porque no se fiaba de la toalla; luego se volvió dispuesta a salir.

Sin embargo, la puerta del tocador parecía haberse atascado.

Continuó forcejeando, pero la puerta no se movió. Hilary se preguntó si la habrían cerrado desde fuera y se puso furiosa. ¿A qué venía encerrarla allí?

Observó entonces que, al fondo, había otra puerta. Se acercó, trató de abrirla y lo consiguió sin dificultad. Se encontró con una pequeña sala de aspecto oriental, iluminada únicamente por la luz que penetraba a través de unas aberturas cercanas al techo. Sentado en un diván, fumando, estaba el francés que había conocido en el tren: *monsieur* Henri Laurier.

II

No se levantó para saludarla, sino que se limitó a decir con una voz algo distinta:

—Buenas tardes, señora Betterton.

Por unos instantes, Hilary se quedó paralizada por el asombro.

De modo que se trataba de eso. Se recompuso. «Esto es lo que esperabas. Actúa como crees que lo haría ella.»

Se adelantó con vehemencia:

—¿Tiene alguna noticia para mí? ¿Puede ayudarme?

El francés asintió y dijo con tono de reproche:

—En el tren la encontré algo obtusa, *madame*. Tal vez es que está demasiado acostumbrada a hablar del tiempo.

—¿Del tiempo?

Hilary lo miraba desorientada. ¿Qué es lo que había dicho del tiempo? ¿Que hacía frío? ¿Que la niebla era muy espesa? ¿La nieve? *¡Nieve!* Esa era la palabra que Olive Betterton le había susurrado antes de morir. Y luego tarareó una tonadilla. ¿Cómo era?

¡Nieve, nieve, hermosa nieve!
¡Resbalas en una bola y allá vas!

Hilary la repitió con la voz quebrada.

—¡Exacto! —exclamó Laurier—. ¿Por qué entonces no respondió inmediatamente, como le ordenaron?

—¿No lo comprende? He estado enferma. Sufrí un accidente de aviación y luego estuve en el hospital con una conmoción cerebral. Me ha afectado la memoria. Las cosas ocurridas hace mucho tiempo las recuerdo bastante bien, pero tengo unas lagunas terribles. —Se llevó las manos a la cabeza y no le costó conseguir que le temblara la voz—. No puede imaginar lo que asusta eso. Me da la sensación de que he olvidado cosas importantes, realmente importantes; cuanto más me esfuerzo por recordarlas, menos me acuerdo.

—Sí —replicó Laurier—, el accidente de avión fue un contratiempo. —Habló en tono frío y práctico—. Será cuestión de ver si tendrá el valor y la energía suficientes para continuar su viaje.

—¡Por supuesto que continuaré el viaje! —exclamó Hilary—. Mi marido... —Su voz se quebró.

El francés sonrió, pero su sonrisa era felina, desagradable.

—Tengo entendido que su marido la espera con impaciencia.

—No tiene usted idea de lo que han sido estos meses sin él —continuó la joven con la voz rota.

—¿Cree que las autoridades británicas han llegado a una conclusión definitiva de lo que usted sabía o no sabía?

Hilary extendió las manos en actitud indefensa.

—¿Cómo voy a saberlo? ¿Cómo puedo asegurarlo? Parecían satisfechos.

—De todas formas... —El hombre se detuvo.

—Creo posible que me hayan seguido hasta aquí —dijo Hilary—. No puedo señalar a nadie en particular, pero desde que salí de Inglaterra siento la firme sensación de que me siguen.

—Naturalmente —replicó Laurier con frialdad—. No esperábamos menos.

—Pensé que debía advertirle.

—Mi querida señora Betterton, no somos niños y sabemos lo que hacemos.

—Lo siento —repuso Hilary con humildad—. Supongo que soy muy ignorante.

—Eso no importa mientras sea obediente.

—Lo seré —afirmó la joven en voz baja.

—No tengo la menor duda de que en Inglaterra la han vigilado estrechamente desde la marcha de su marido. Sin embargo, recibió usted el mensaje, ¿verdad?

—Sí.

—Ahora —continuó Laurier con el mismo tono práctico—, le daré sus instrucciones, *madame*.

La joven prestó atención.

—De aquí saldrá para Marrakech, pasado mañana, según tenía planeado y de acuerdo con las reservas hechas.

—Sí.

—Al día siguiente de su llegada, recibirá un telegrama desde Inglaterra. Ignoro lo que dirá, pero será suficiente para que usted empiece inmediatamente a hacer los preparativos para regresar a Inglaterra.

—¿Tengo que regresar a Inglaterra?

—Por favor, escuche. No he terminado. Reservará un billete para el avión que sale de Casablanca al día siguiente.

—Suponga que no consigo billete, que todos los asientos están ocupados.

—No lo estarán. Todo está arreglado. Bien, ¿ha comprendido las instrucciones?

—Sí.

—Entonces haga el favor de regresar junto a su guía, que la está esperando. Ya lleva demasiado rato en el tocador. A propósito, ¿ha trabado usted amistad con una americana y una inglesa en el Palais Djamai?

—Sí. ¿Ha sido un error? Fue muy difícil evitarlo.

—En absoluto. Eso favorece nuestros planes. Si pudiera convencer a alguna de las dos para que la acompañara a Marrakech, sería mucho mejor. Adiós, *madame*.

—*Au revoir, monsieur*.

—No es probable que volvamos a vernos —le dijo Laurier con una completa falta de interés.

Hilary regresó al tocador. Esta vez encontró la puerta abierta. Pocos minutos después se reunía con el guía en el salón de té.

—Tengo esperando un coche muy bonito —manifestó el hombre—. Ahora la llevaré a dar un paseo muy agradable e instructivo.

La excursión continuó de acuerdo con el plan.

III

—De modo que se marcha mañana a Marrakech —dijo la señorita Hetherington—. No ha estado mucho tiempo en Fez, ¿verdad? ¿No le hubiera sido más fácil ir primero a Marrakech, luego a Fez y después volver a Casablanca?

—Supongo que sí —contestó Hilary—, pero es difícil hacer las reservas. Aquí hay mucha gente.

—No ingleses —contestó la señorita Hetherington, bastante desconsolada—. Hoy en día resulta penoso no encontrar a algún compatriota. —Miró a su alrededor con desprecio—. Todos son franceses.

Hilary sonrió levemente.

Al parecer, a la señorita Hetherington le traía sin cuidado que Marruecos fuese una colonia francesa. Consideraba que los hoteles de cualquier país extranjero eran una prerrogativa de los turistas ingleses.

—Franceses, alemanes y griegos —apuntó la señora Calvin Baker con una risita—. Aquel hombre creo que es griego.

—Eso me han dicho —asintió Hilary.

—Parece una persona importante —comentó la señora Baker—. Fíjese con qué rapidez le atienden los camareros.

—Y en cambio a los ingleses apenas les prestan atención hoy en día —señaló la señorita Hetherington en tono lúgubre—. Siempre les dan las peores habitaciones, las que ocupaban antiguamente las doncellas y los ayudas de cámara.

—Bueno, yo no puedo decir que haya encontrado ninguna deficiencia en los hoteles desde que he llegado a Marruecos —dijo la señora Baker—. Siempre me las he arreglado para conseguir una habitación cómoda con cuarto de baño.

—Usted es norteamericana —replicó la señorita Hetherington con algo de encono.

Entrechocó con violencia las agujas de su labor de punto.

—Me gustaría poder convencerlas para que vinieran a Marrakech conmigo —les dijo la joven—. Ha sido tan agradable conocerlas y poder charlar con ustedes... La verdad, resulta aburrido viajar sola.

—Yo ya he estado en Marrakech —dijo la señorita Hetherington.

En cambio, la señora Calvin Baker pareció entusiasmada con la idea.

—Desde luego, es una buena idea. Ya ha pasado casi un mes desde que estuve allí, y me gustaría volver; podría acompañarla a todas partes e impedir que la engañen, señora Betterton. Hasta que se ha estado en un sitio no se conocen los trucos. Voy a ir ahora mismo a la agencia a ver si puedo arreglarlo.

—Es igual que todas las norteamericanas —comentó la señorita Hetherington con acritud en cuanto la señora Baker se hubo marchado—: van de una parte a otra sin quedarse en ninguna. Un día en Egipto, otro en Palestina. Algunas veces creo que no saben siquiera en qué país están.

Frunció los labios, recogió su labor cuidadosamente y abandonó el Salón Turco, dedicando a Hilary una inclinación de cabeza. La joven miró su reloj. Esa noche no tenía ganas de cambiarse de ropa para la cena. Permaneció sola y casi a oscuras frente a las cortinas orientales. Un camarero asomó la cabeza y se marchó después de encender dos lámparas; no eran muy potentes, y la penumbra resultaba agradable. Había un ambiente de calma. Hilary se recostó en el diván pensando en el futuro.

El día anterior se había preguntado si todo aquel asunto en que se había metido no sería una fantasía absurda. Y ahora..., ahora se disponía a emprender el verdadero viaje. Debía tener cuidado, mucho cuidado. No podía cometer el menor error. Debía ser Olive Betterton, educada y moderada, sin aficiones artísticas, convencional, pero con claras simpatías izquierdistas y muy enamorada de su marido. «No debo cometer el menor error», se dijo. ¡Qué extraño le parecía encontrarse allí sentada, sola, en Marruecos! Le daba la impresión de haber entrado en un mundo misterioso y encantador. ¡Aquella lámpara que ardía junto a ella! Si la tomaba entre sus manos y la frotaba, ¿aparecería el genio? No había acabado de pensarlo cuando dio un respingo. Más allá de la lámpara había aparecido el rostro menudo y arrugado con perilla del señor Aristides, que la saludó cortésmente antes de sentarse a su lado.

—¿Me permite, *madame*?

Hilary correspondió al saludo con amabilidad.

El señor Aristides sacó su pitillera y le ofreció un cigarrillo, que ella aceptó de buen grado; él encendió otro.

—¿Le gusta este país, *madame*? —preguntó.

—Llevo aquí muy poco tiempo, pero hasta ahora me parece encantador.

—¡Ah! ¿Ha estado en la ciudad antigua? ¿Le ha gustado?

—Es maravillosa.

—Sí, lo es. Allí está el pasado, un pasado de comercios, intrigas, susurros, actividades secretas, todo el misterio y la pasión de una ciudad encerrada entre sus muros y callejuelas. ¿Sabe lo que pienso cuando paseo por las calles de Fez?

—No.

—Pienso en la Great West Road de Londres, en las enormes fábricas a ambos lados de la carretera. Pienso en esos grandes edificios iluminados con luces fluorescentes y en la gente que está dentro y que se ve con tanta claridad al pasar en automóvil por la carretera. No hay nada escondido, nada misterioso. Ni siquiera hay cortinas en las ventanas. No, realizan su trabajo ante los ojos de todo el que quiera observarlos. Es como ver con detenimiento el interior de un hormiguero.

—¿Quiere decir que es el contraste lo que interesa?

El señor Aristides asintió con su cabeza de tortuga.

—Sí. Allí todo está a la vista. En cambio, en las viejas calles de Fez todo está escondido, oscuro. No hay nada *à jour*. Pero... —se inclinó y golpeó con un dedo la mesita de cobre—, pero ocurren las mismas cosas, las mismas crueldades, las mismas opresiones, hay las mismas ansias de poder, los mismos regateos y discusiones.

—¿Cree usted que la naturaleza humana es la misma en todas partes?

—En todos los países. En el pasado, lo mismo que en el presente, hay siempre dos cosas que gobiernan: la crueldad y la benevolencia. Una u otra. A veces, ambas —continuó con el mismo tono—. Me han dicho que el otro día sufrió usted un terrible accidente en Casablanca.

—Sí, es cierto.

—La envidio —dijo el señor Aristides inesperadamente.

Hilary le miró, asombrada, y él volvió a asentir vigorosamente.

—Sí. Merece que la envidien. Ha vivido una gran experiencia. Me gustaría haber estado tan cerca de la muerte. Ya que ha tenido la suerte de sobrevivir, ¿no se siente distinta desde entonces, *madame*?

—Sí, pero resulta algo desagradable —dijo Hilary—. Sufrí una fuerte conmoción, tengo muchos dolores de cabeza y también me ha afectado la memoria.

—Eso son meros inconvenientes —replicó Aristides con un gesto—, pero ha pasado por una gran aventura del espíritu, ¿no es cierto?

—Es verdad que ha sido una gran aventura —respondió Hilary lentamente, pensando en una botella de agua de Vichy y un montoncito de pastillas para dormir.

—Yo nunca he pasado por esa experiencia —afirmó el señor Aristides con disgusto —. Por muchas otras sí, pero esa no. —Se levantó, se inclinó ligeramente, dijo—: *Mes hommages, madame*. —Y se marchó.

Capítulo 8

«¡Qué parecidos son todos los aeropuertos!», pensaba Hilary.

Desprendían un extraño anonimato. Todos se encontraban a cierta distancia de su ciudad de referencia y, en consecuencia, el pasajero tenía la sensación de estar en ninguna parte. ¡Se podía volar desde Londres a Madrid, Roma, Estambul, El Cairo y a tantos otros lugares...! Y, si el viaje se realizaba siempre por aire, ¡no se tenía la menor idea de cómo eran esas ciudades! Vistas desde el aire, solo eran un mapa a gran escala, algo edificado con un juego de construcciones infantil.

«¿Por qué hay que llegar siempre a los aeropuertos con tanta antelación?», pensó, irritada, mientras miraba a su alrededor.

Había pasado casi media hora en la sala de espera. La señora Calvin Baker, que se había decidido a acompañarla a Marrakech, no había parado de hablar desde que habían llegado. Hilary le había contestado casi mecánicamente, pero ahora se daba cuenta de que la señora Baker dedicaba su atención a otros dos viajeros que se sentaban cerca. Un estadounidense con una sonrisa franca, y un hombre danés o noruego de aspecto serio. Este último hablaba pesadamente en un inglés pedante y cuidado. El estadounidense estaba encantado de haber encontrado a una compatriota. La señora Baker se volvió hacia Hilary.

—¿Señor...? Quiero presentarle a mi amiga, la señora Betterton.

—Andrew Peters. Andy para los amigos.

El otro joven se puso en pie.

—Torquil Ericsson.

—Ahora ya nos conocemos todos —dijo la señora Baker alegremente—. ¿Van también a Marrakech? Es la primera visita de mi amiga.

—Yo también voy por primera vez —comentó Ericsson.

—Lo mismo digo —aseguró Peters.

Los altavoces emitieron el anuncio que una voz ronca dio en francés. Apenas se podían entender las palabras, pero, al parecer, los avisaba de su vuelo.

Había dos pasajeros más aparte de ellos cuatro: un hombre francés, alto y delgado, y una monja de rostro severo.

El día era claro y soleado y las condiciones de vuelo, excelentes. Hilary, reclinada en el asiento, con los párpados entornados, se dedicó a estudiar a sus compañeros de viaje, tratando de olvidar las angustiosas preguntas que acudían a su mente.

La señora Calvin Baker ocupaba un asiento en la fila precedente a la suya, al otro lado del pasillo; con su traje gris, parecía una gallina rolliza y satisfecha. Posado en sus cabellos azules, llevaba un sombrerito con alas, y se entretenía pasando las páginas de una revista. De vez en cuando daba unos golpecitos en el hombro del joven que tenía sentado delante, que no era otro que Peters, el simpático norteamericano. Entonces él se volvía con su agradable sonrisa para responder a sus observaciones.

«Qué francos y abiertos son los norteamericanos —pensó Hilary—, y qué distintos de los ingleses.» No podía imaginar a la tiesa señorita Hetherington charlando con un joven en un avión, aunque fuera de su misma nacionalidad, y dudaba de que el inglés le hubiese contestado de tan buen grado como aquel joven.

Al otro lado del pasillo, en su misma hilera, estaba Ericsson, el noruego.

Al tropezar con su mirada, la saludó inclinando la cabeza y le ofreció una revista que acababa de leer. Ella le dio las gracias. Detrás de él iba el francés delgado y moreno, que al parecer dormía.

Hilary se volvió para mirar quién ocupaba el asiento posterior al suyo. Se trataba de la monja de rostro severo, que le devolvió la mirada sin la menor expresión. Permanecía muy quieta y con las manos juntas. Resultaba curioso ver a una mujer con un atuendo de origen medieval viajando en un avión en pleno siglo XX.

Seis personas que, durante unas horas, volarían juntas, camino de destinos distintos, con propósitos diversos, para luego separarse y no volver a encontrarse nunca más. Había leído una novela con un tema similar, en la que se seguían cada una de las seis vidas. El francés debía de estar de vacaciones. Parecía muy cansado. El joven norteamericano tal vez fuese un estudiante, y Ericsson iría a tomar posesión de un empleo. Por otro lado, era evidente que la monja se dirigía a su convento.

Hilary cerró los ojos, olvidándose de sus compañeros de viaje; como la noche anterior, volvieron a intrigarle las órdenes recibidas. ¡Debía regresar a Inglaterra! ¡Era una locura! Tal vez no confiaran en ella por alguna razón, quizá por haber dejado de pronunciar ciertas palabras o carecer de las credenciales que la verdadera Olive Betterton habría presentado. Suspiró, intranquila. «Bueno —se dijo—. No puedo hacer más de lo que hago. Si fracaso, habré fracasado. De todas maneras, lo hago lo mejor que sé.»

Entonces la asaltó otro pensamiento. Henri Laurier había aceptado como natural e inevitable que la vigilaran de cerca en Marruecos. ¿Sería este un medio de disipar las sospechas? Con el brusco regreso de la señora Betterton a Inglaterra darían por hecho que no había ido a Marruecos para «desaparecer», como su marido.

Dejarían de sospechar, y entonces la considerarían una viajera de *bona fide*. Volvería a salir de Inglaterra con Air France, y quizá en París... «Sí, claro, en París. En París había desaparecido Tom Betterton. Allí sería mucho más sencillo. Tal vez Betterton no había salido de París. Tal vez...»

Cansada de especulaciones tan poco provechosas, Hilary se quedó dormida. Se desveló, volvió a cabecear, hojeó una revista. Luego, al despertarse de una cabezada, observó que el avión iba perdiendo altura a medida que describía círculos. Miró su reloj, pero aún faltaba rato para la hora de llegada. Además, desde la ventanilla no vio la menor señal de que estuvieran encima de un aeropuerto.

Por un momento se sintió alarmada. El francés delgado y moreno se puso en pie, bostezó, estiró los brazos y, mirando al exterior, dijo algo que ella no comprendió.

—Parece que vamos a aterrizar aquí —comentó Ericsson inclinándose hacia ella—. Pero ¿por qué?

—Sí, parece que aterrizamos —convino Hilary al tiempo que la señora Baker asentía enérgicamente.

El avión siguió trazando círculos cada vez a menor altura. El campo que se extendía debajo parecía prácticamente desierto, sin señales de casas o pueblos. Las ruedas tocaron tierra con brusquedad y el avión siguió avanzando hasta que al fin se detuvo. Había sido un aterrizaje un poco brusco en medio de la nada. ¿Quizá se tratara de alguna avería en el motor o les faltaba combustible? El piloto, un apuesto joven de piel bronceada, salió de la cabina y echó a andar por el pasillo del avión.

—Hagan el favor de apearse todos.

Abriendo la puerta posterior, bajó la escalerilla y se quedó allí hasta que todos salieron. Se agruparon temblando ligeramente. Hacía frío y el viento procedente de las montañas era cortante. Hilary las contempló: estaban cubiertas de nieve y eran muy hermosas. El aire limpio y puro resultaba tonificante. El piloto bajó del aparato y habló con ellos en francés:

—¿Están todos? ¿Sí? Hagan el favor de tener paciencia. Tal vez tengan que esperar un poco. ¡Ah, no, veo que ahí llega!

Señaló un punto en el horizonte que iba acercándose poco a poco.

—Pero ¿por qué hemos aterrizado aquí? —preguntó Hilary con voz perpleja—. ¿Qué ocurre? ¿Cuánto tiempo esperaremos?

—Me parece —dijo el viajero francés— que aquello que viene es una furgoneta. Podremos pedir que nos lleven.

—¿Se trata de un fallo mecánico? —inquirió la joven.

—Yo no diría eso —contestó Andy Peters alegremente—. A mí los motores me sonaban bien. Sin embargo, no dudo de que arreglarían algo así.

Ella lo miró extrañada.

—Cielos, aquí te hielas —murmuró la señora Baker—. Esto es lo peor de este clima. Parece muy caluroso, pero refresca en cuanto se pone el sol.

—*Toujours des retards insupportables* —murmuró el piloto entre dientes.

La furgoneta se acercó a una velocidad suicida. El chófer bereber frenó con violencia, se apeó de un salto y se enfrascó en una acalorada discusión con el piloto. Hilary se sorprendió de que la señora Baker interviniera en la disputa y lo hiciera en francés.

—No pierdan el tiempo —les dijo—. ¿De qué sirve discutir? Tenemos que salir de aquí.

El chófer se encogió de hombros, volvió a la furgoneta y abrió la puerta trasera. En su interior había una enorme caja. Con la ayuda del piloto, Ericsson y Peters la bajaron al suelo. A juzgar por el esfuerzo que hicieron, debía de pesar mucho. La señora Baker se apoyó en el brazo de Hilary y, mientras el hombre alzaba la tapa de la caja, le dijo:

—Yo que usted no miraría, querida. Nunca es agradable.

Se llevó a la joven al otro lado del vehículo. El francés y Peters fueron con ellas.

—¿Qué es todo esto —preguntó el francés en su lengua—, esa maniobra que realizan ahora?

—¿Es usted el doctor Barron? —le preguntó la señora Baker.

El francés asintió.

—Encantada de conocerle —dijo ella, ofreciéndole la mano como una anfitriona que recibe a un invitado a su fiesta.

—No lo entiendo. ¿Qué hay en esa caja? ¿Por qué es mejor no mirar? —preguntó Hilary, intrigada.

Andy Peters la observó. Hilary pensó que tenía un rostro muy agradable y franco, inspiraba confianza.

—Yo lo sé. Me lo ha dicho el piloto. Tal vez no sea muy bonito, pero supongo que es necesario. —Y agregó discretamente—: Contiene cadáveres.

—¡Cadáveres! —Lo miró, asustada.

—¡Oh, no es que hayan muerto asesinados! Nada

de eso. —Sonrió para tranquilizarla—. Se han obtenido de forma perfectamente legítima para investigación médica.

—No lo entiendo.

—¡Ah! Señora Betterton, aquí es donde termina el viaje. Quiero decir su viaje.

—¿Termina?

—Sí. Colocarán los cadáveres en el avión, luego el piloto arreglará las cosas... Mientras nos vamos de aquí, veremos desde la distancia cómo se elevan las llamas. Otro avión que se estrella y se incendia. ¡Y no hay supervivientes!

—¿Por qué? ¡Es increíble!

—Seguramente —le dijo el doctor Barron— usted ya sabe adónde nos dirigimos.

—¡Claro que lo sabe! —aseguró la señora Baker alegremente mientras se acercaba—. Pero quizá no esperaba que sucediera tan pronto.

Hilary permaneció callada durante unos segundos.

—¿Se refieren a todos nosotros? —dijo Hilary mirando alrededor.

—Somos compañeros de viaje —afirmó Peters gentilmente.

—¡Sí, compañeros de viaje! —repitió el joven noruego con un entusiasmo casi fanático.

Capítulo 9

I

El piloto se acercó.

—Deben marcharse ahora, por favor. Cuanto antes, mejor. Hay mucho que hacer y vamos muy retrasados.

Hilary retrocedió un par de pasos. En un gesto nervioso, se llevó la mano a la garganta. El collar de perlas que llevaba se rompió bajo la presión de sus dedos. Recogió las perlas sueltas y se las guardó en el bolsillo.

Subieron todos a la furgoneta. Hilary se sentó en el largo banco, apretujada entre Peters y la señora Baker.

—¿De modo que usted es lo que llamaríamos el enlace, señora Baker? —le preguntó la joven.

—Exacto. Y, aunque no está bien que yo lo diga, soy la persona más adecuada. A nadie le extraña encontrar a una norteamericana que viaja continuamente de un lado a otro.

Seguía siendo la misma mujer regordeta y sonriente, pero Hilary creyó ver en ella una diferencia. Su ligera fatuidad y su convencionalismo superficial habían desaparecido. Ahora era una mujer eficiente y probablemente despiadada.

—Causará sensación en los titulares de los periódicos —comentó la señora Baker, riendo, divertida—. Me refiero a usted, querida. Dirán que la persiguió la mala suerte. Primero casi pierde la vida en el accidente de Casablanca y luego se mata en otra catástrofe.

De pronto Hilary comprendió la inteligencia del plan.

—¿Y estos otros? ¿Son lo que dicen que son?

—Sí. El doctor Barron es bacteriólogo. Ericsson es un eminente físico. Peters, químico investigador. Fräulein Needheim, por supuesto, no es ninguna monja, sino endocrinóloga. Yo solo soy el oficial de enlace. No pertenezco al gremio científico. —Volvió a reír—: La señorita Hetherington ni siquiera lo sospechó.

—¿La señorita Hetherington era..., era...?

La señora Baker asintió.

—Si quiere saber mi opinión, creo que la seguía a usted. En Casablanca relevó a su anterior perseguidor.

—Pero aunque se lo propuse, no vino con nosotras.

—No hubiera correspondido a su papel. Hubiese resultado demasiado obvio volver a Marrakech habiendo ya estado allí. No, seguramente envió un telegrama o llamó por teléfono para que alguien la espere en Marrakech cuando usted llegue. ¡Cuando usted llegue! Qué risa, ¿no le parece? ¡Mire! ¡Mire allí! Ya está.

Habían avanzado a toda velocidad por el desierto; cuando la joven se inclinó para mirar a través de la estrecha ventanilla, vio un gran resplandor seguido de una explosión. Peters soltó una carcajada.

—¡Seis personas mueren al estrellarse un avión cuando se dirigían a Marrakech!

—Asusta bastante —murmuró Hilary.

—¿El caminar hacia lo desconocido? —preguntó Peters con un tono muy grave —. Sí, pero es el único medio. Dejamos el pasado para entrar en el futuro. —Su rostro se iluminó con un entusiasmo súbito—. Debemos abandonar todo lo malo y lo viejo. Los gobernantes corruptos y los belicistas. Vamos a un mundo nuevo: el mundo de la ciencia, lejos de la escoria y la desidia.

Hilary exhaló un profundo suspiro.

—Esas son las cosas que solía decir mi marido —declaró con toda intención.

—¿Su marido? —Él le dedicó una mirada fugaz—. ¿Acaso es Tom Betterton?

La joven asintió.

—Caramba, eso es fantástico. En Estados Unidos estuve a punto de tropezarme con él en más de una ocasión, pero nunca llegué a conocerlo. La fisión ZE es uno de los descubrimientos más brillantes de esta era. Sí, desde luego, me descubro ante él. Trabajó con el viejo Mannheim, ¿verdad?

—Sí.

—Me dijeron que se había casado con la hija de Mannheim, pero sin duda usted no es...

—Yo soy su segunda esposa —replicó la joven ruborizándose un poco—. Elsa falleció en Estados Unidos.

—Ya recuerdo. Luego él se fue a trabajar al Reino Unido y entonces desapareció. —Se echó a reír—. Se marchó de no sé qué congreso en París hacia lo desconocido. —Y, como si hubiera sacado una conclusión, añadió—: Cielos, no puede decirse que no lo organizaron bien.

Hilary estaba de acuerdo con él. Las excelencias de aquella organización empezaban a atemorizarla. Todos los planes, contraseñas y réplicas que habían preparado ahora serían inútiles, porque no habría ningún rastro.

Habían arreglado las cosas para que todos los ocupantes del avión siniestrado fueran compañeros de viaje que se dirigían al mismo destino desconocido donde los aguardaba Thomas Betterton. No dejaban rastro alguno. Nada, solo un avión incendiado. ¿Era posible que Jessop y su organización adivinaran que ella, Hilary, no era uno de esos cadáveres carbonizados? Lo dudaba. El accidente había sido muy convincente, había estado muy bien planeado.

Peters volvió a hablar con un entusiasmo infantil. Para él no existían escrúpulos ni nostalgia por el pasado, solo ansiedad por seguir adelante.

—Quisiera saber adónde iremos desde aquí.

Hilary también se lo preguntaba, porque de eso dependían muchas cosas. Tarde o temprano tendrían que ponerse en contacto con el resto del mundo; si se realizaba una investigación, tal vez se encontrara a alguien que hubiera visto una furgoneta con seis pasajeros que coincidían con la descripción de los que habían salido del avión aquella mañana. Se volvió hacia la señora Baker para preguntarle, del mismo modo que el joven norteamericano:

—¿Adónde vamos? ¿Qué ocurrirá ahora?

—Ya lo verá —replicó la mujer; pese a lo amable de su tono, se adivinaba algo amenazante en sus palabras.

Siguieron adelante. Detrás aún se veía el resplandor de las llamas del avión, con más claridad a medida que el sol se ocultaba tras el horizonte. Anocheció. Continuaron su viaje, aunque el avance era cada vez más incómodo porque no circulaban por ninguna carretera. A ratos les parecía ir por caminos de carro y otros campo a través.

Hilary siguió despierta mientras daba vueltas a todos sus temores, dudas y recelos. Pero, al fin, pese al traqueteo y las sacudidas, el cansancio la venció y se quedó dormida.

Fue un sueño intranquilo. Los baches y las rodadas la despertaban.

Había instantes en los que se preguntaba dónde estaba, pero enseguida volvía a la realidad. Entonces se espabilaba, de nuevo la asaltaban sus tristes presagios y, una vez más, inclinaba la cabeza y se dormía.

II

Se despertó de pronto cuando el coche se detuvo bruscamente.

Peters la sacudió por un brazo con suavidad.

—Despierte. Hemos llegado a alguna parte.

Se apearon, cansados y maltrechos. Todavía era de noche y se habían detenido ante una casa rodeada de palmeras. A cierta distancia se distinguían varias luces que podían ser de algún pueblo.

Guiados por la luz de una linterna, entraron en la vivienda. Era una casa nativa; un par de mujeres bereberes contemplaron con curiosidad a Hilary y a la señora Baker, haciendo caso omiso de la monja.

Acompañaron a las tres recién llegadas a una reducida habitación del piso de arriba. Había tres colchones en el suelo y algunas mantas, pero ningún mueble.

—Estoy tiesa —comentó la señora Baker—. Viajar de esta forma te deja hecha polvo.

—Las molestias no importan —afirmó la monja en un tono duro y gutural. Su inglés era bueno y fluido, a pesar de su mala pronunciación.

—Interpreta su papel a la perfección, Fräulein Needheim —dijo la norteamericana—. Ya la veo en el convento arrodillada sobre un duro suelo a las cuatro de la mañana.

Fräulein Needheim sonrió despectivamente.

—El cristianismo ha convertido en estúpidas a las mujeres. Tanta glorificación de la debilidad, una humillación repugnante. En cambio, las mujeres paganas son fuertes. ¡Disfrutan y conquistan! Y, en el camino hacia la conquista, no hay incomodidad que no se pueda soportar. No importan los sufrimientos.

—Yo, en cambio, quisiera estar en la cama del Palais Djamai en Fez. —Bostezó—. ¿Y usted cómo se encuentra, señora Betterton? Supongo que el traqueteo no le habrá ido muy bien a su cabeza.

—No, desde luego.

—Ahora nos subirán algo de comer. Le daré una aspirina y lo mejor será que duerma todo el rato que pueda.

Se oyeron unos pasos en la escalera y voces femeninas. Luego las dos mujeres bereberes entraron llevando una bandeja con un gran plato de sémola y carne estofada. La dejaron en el suelo para traer al poco rato una palangana llena de agua y una toalla. Una de ellas palpó el abrigo de Hilary, pasando la tela entre los dedos, al tiempo que intercambiaba unas palabras con su compañera, que asintió varias veces e hizo lo propio con el de la señora Baker. Ninguna de las dos se fijó en la monja.

—¡Fuera! —exclamó la señora Baker agitando las manos—. ¡Fuera! ¡Fuera!

Era como si ahuyentase a unas gallinas. Las mujeres se retiraron entre risas.

—Qué criaturas más tontas —dijo la señora Baker—; es difícil tener paciencia con ellas. Supongo que lo único que les interesa son los trapos y los niños.

—Es para lo único que sirven —replicó Fräulein

Needheim—. Pertenecen a una raza de esclavos. Son útiles para servir a sus superiores, pero para nada más.

—¿No es usted algo dura? —exclamó Hilary, irritada ante su actitud.

—No soporto el sentimentalismo. Hay unos pocos que gobiernan y muchos que obedecen.

—Pero, sin duda...

La señora Baker intervino con ademán autoritario.

—Imagino que cada una de nosotras tiene ideas sobre estas cosas, y todas muy interesantes. Pero ahora no es momento de discutir sobre ellas. Necesitamos descansar todo lo posible.

Llegó el té con menta. Hilary se tomó una aspirina de muy buena gana, porque su dolor de cabeza era auténtico. Luego las tres mujeres se tendieron en los colchones y se quedaron dormidas.

Se despertaron bien entrada la mañana. No proseguirían el viaje hasta última hora de la tarde, informó la señora Baker. En el exterior de la habitación donde habían dormido había una escalera que conducía a una terraza desde la que se divisaba algo del paisaje circundante. A poca distancia había un pueblo, pero aquella casa estaba aislada en medio de un gran jardín de palmeras.

Al despertar, la señora Baker les señaló tres montones de ropa que habían colocado junto a la puerta.

—En la próxima etapa seremos musulmanas —explicó—. Dejaremos nuestra ropa aquí.

De modo que el elegante vestido de la señora Baker,

el traje chaqueta de Hilary y el hábito de la monja quedaron amontonados en el suelo mientras tres nativas se sentaban en la terraza para charlar. Todo aquello resultaba extraño e irreal.

Hilary se dedicó a estudiar más de cerca a Fräulein Needheim, ahora que había abandonado el disfraz de religiosa. Era mucho más joven de lo que había supuesto: a lo sumo tendría treinta y tres o treinta y cuatro años. Su aspecto era pulcro y tenía la tez pálida, los dedos cortos y una mirada fría que de cuando en cuando se iluminaba con un entusiasmo fanático que, más que atraer, repelía. Hablaba con brusquedad y daba la impresión de que consideraba a Hilary y a la señora Baker indignas de su compañía. A Hilary, esta arrogancia le resultaba insultante; en cambio, la señora Baker no parecía darse cuenta de nada. La joven inglesa sentía más simpatía por los bereberes que le habían servido la comida que por sus dos compañeras occidentales. A la alemana le era indiferente la impresión que pudiera causar. En sus ademanes se adivinaba cierta impaciencia. Resultaba evidente que su deseo era continuar el viaje y no sentía el menor interés por sus dos acompañantes.

A Hilary le costaba más trabajo definir la personalidad de la señora Baker. Al principio le pareció sencilla y natural, comparada con la insensibilidad de la científica alemana, pero, a medida que pasaron las horas, le fue intrigando y repeliendo casi más que Helga Needheim. Sus modales eran de una perfección casi mecánica. Todos sus comentarios y observaciones eran absolutamente normales. Sin embargo, parecía una actriz que repitiera su papel quizá por enésima vez, mientras su pensamiento estaba en otra parte.

«¿Quién es la señora Calvin Baker? —se preguntó Hilary—. ¿Cómo ha llegado a representar su papel con semejante perfección? ¿Será otra fanática? ¿Una revolucionaria enfrentada con el sistema capitalista? ¿Habrá abandonado su vida normal a causa de sus ideas políticas y sus aspiraciones?» Era imposible saberlo.

Aquella tarde reemprendieron el viaje, esta vez en coche.

Todos se habían ataviado como los nativos: los hombres con sus blancas chilabas y las mujeres con sus rostros ocultos. Bastante apretujados, continuaron viajando toda la noche.

—¿Cómo se encuentra, señora Betterton?

Hilary sonrió a Andy Peters. El sol acababa de salir y se detuvieron para desayunar: huevos, pan ácimo y té.

—Como si estuviera soñando.

—Sí, tengo la misma sensación.

—¿Dónde estamos?

Él se encogió de hombros.

—¿Quién lo sabe? Sin duda, nuestra querida señora Baker, pero nadie más.

—Es un país muy solitario.

—Sí, prácticamente desierto. Pero así resulta más conveniente, ¿no le parece?

—¿Para no dejar rastro, quiere decir?

—Sí. Uno se da cuenta de que todo tiene que estar cuidadosamente planeado. Cada etapa de nuestro viaje es independiente de las otras. Se incendia un avión. Una vieja camioneta nos conduce a través de la noche; si alguien la ha visto, dirán que pertenece a una expedición arqueológica que realiza excavaciones por estos lugares. Al día siguiente, parte un coche lleno de bereberes, algo que se ve con frecuencia por las carreteras. Y, en cuanto a la próxima etapa, ¿quién puede saberlo?

—Pero ¿adónde vamos?

Andy Peters negó con la cabeza.

—Es inútil preguntarlo. Ya lo descubriremos.

El francés se había unido a ellos.

—Sí —les dijo—, ya lo descubriremos. Pero lo cierto es que no podemos evitar las preguntas. Es la sangre occidental. Nunca decimos: «Es suficiente por hoy». Siempre pensamos en el mañana. Dejar atrás el ayer y seguir hacia el mañana. Es lo que pedimos.

—Usted quiere que el mundo vaya más deprisa, ¿no es cierto, doctor? —le preguntó Peters.

—Hay tanto que alcanzar y la vida es tan corta... —repuso el doctor Barron—. Deberíamos tener más tiempo, mucho más tiempo. —Levantó las manos en un gesto apasionado.

Peters se volvió hacia Hilary.

—¿Cuáles son las cuatro libertades de que hablan en su país? Verse libres de necesidades, de temores...

El francés lo interrumpió.

—Libre de tontos —dijo amargamente—. ¡Eso es lo que yo quiero! Eso es lo que necesita mi trabajo. ¡Quiero verme libre de mezquindades! ¡Libre de todas las trabas que dificultan mi trabajo!

—Es usted bacteriólogo, ¿verdad, doctor Barron?

—Sí. ¡Y no tiene usted idea, amigo mío, de lo fascinante que es! Pero precisa paciencia, infinita paciencia, repetir los experimentos; y dinero, mucho dinero. Se necesitan equipos, ayudantes y materias primas. Con todo eso, ¿quién no alcanza el éxito?

—¿Y la felicidad? —preguntó Hilary.

Él le dedicó una sonrisa rápida, volviendo a convertirse en un ser humano.

—¡Ah, usted es una mujer, *madame*! Solo las mujeres preguntan siempre por la felicidad.

—¿Y rara vez la alcanzan? —inquirió la joven.

Él se encogió de hombros.

—Es posible.

—La felicidad individual no importa —dijo Peters en tono grave—. Debe haber felicidad para todos, la hermandad del espíritu. Los obreros emancipados y unidos, dueños de los medios de producción, libres de los belicistas, de los hombres insaciables y codiciosos que tienen el poder. La ciencia es para todos, y no debe guardarla celosamente uno u otro poder.

—¡Cierto! —convino Ericsson—. Tiene usted razón. Los científicos deben ser los amos, controlar y regir. Ellos y solo ellos son los superhombres. Y únicamente importan los superhombres. Los esclavos deben ser bien tratados, pero son esclavos.

Hilary se apartó un poco del grupo; a los pocos minutos, Peters la siguió.

—Parece usted asustada —comentó en tono festivo.

—Creo que lo estoy. —La joven rio con nerviosismo—. Claro que lo que ha dicho el doctor Barron es bien cierto: solo soy una mujer. No soy científica, no me dedico a investigar, ni a la cirugía ni a la bacteriología. Supongo que no poseo una gran inteligencia. Como ha dicho el doctor Barron, busco la felicidad, como cualquier otra mujer.

—¿Y qué tiene eso de malo?

—Tal vez me siento algo desplazada entre ustedes. Comprenda, solo soy una mujer que va a reunirse con su marido.

—Es perfecto —replicó Peters—. Usted representa lo fundamental.

—Es muy amable al considerarlo así.

—Es la verdad. —Y añadió bajando la voz—: ¿Quiere mucho a su marido?

—¿Estaría aquí de no ser así?

—Supongo que no. ¿Comparte sus opiniones? Tengo entendido que es comunista.

Hilary evitó una respuesta directa.

—Hablando de ser comunista —dijo—, ¿no hay algo en nuestro grupo que le resulta curioso?

—¿A qué se refiere?

—Pues que, a pesar de que todos nos dirigimos al mismo destino, las ideas de nuestros compañeros de viaje no son muy parecidas.

—Vaya —respondió Peters, pensativo—. No me lo había planteado, pero creo que lleva usted razón.

—No creo que el doctor Barron tenga la misma opinión política —continuó Hilary—. Solo quiere dinero para sus experimentos. Helga Needheim habla como una fascista, no como una comunista. Y Ericsson...

—¿Qué pasa con Ericsson?

—Me da miedo. Tiene una de esas mentes obsesivas. ¡Es como los científicos locos que salen en las películas!

—Yo creo en la fraternidad de todos los hombres, y usted es una amante esposa. Y a nuestra señora Calvin Baker, ¿dónde la sitúa?

—No lo sé. Es la que más me cuesta clasificar.

—¡Oh, yo no diría eso! A mí me parece muy sencillo.

—¿A qué se refiere?

—Yo diría que lo único que le importa es el dinero. No es más que un engranaje de la maquinaria muy bien remunerado.

—Eso también me asusta —dijo Hilary.

—¿Por qué? ¿Por qué diablos ha de asustarla? No tiene nada del científico loco.

—Me asusta porque es tan corriente, comprenda, como cualquier otra persona. Y, no obstante, está metida en todo esto.

—El Partido es realista, ya sabe —afirmó Peters, muy serio—. Utiliza a los mejores hombres y mujeres.

—¿Una persona que solo ambiciona dinero es la mejor persona? ¿No desertará para pasarse al lado contrario?

—Eso sería correr un gran riesgo —respondió Peters—. Y la señora Baker es muy lista. No creo que quiera correr ese riesgo.

Hilary se estremeció.

—¿Tiene frío?

—Sí, hace algo de frío.

—Vamos a movernos un poco.

Pasearon arriba y abajo. Mientras lo hacían, Peters se agachó para recoger algo.

—Oiga, va perdiendo cosas.

—¡Oh, sí! —exclamó Hilary, cogiendo el objeto que él tenía en la mano—. Es una perla de mi collar. Se rompió el otro día... No, ayer. Me parece que han pasado siglos desde entonces.

—Supongo que no serán auténticas.

Hilary sonrió.

—No, claro que no. Son de bisutería.

Peters se sacó una pitillera del bolsillo.

—Bisutería —exclamó—. ¡Qué expresión! —Le ofreció un cigarrillo.

—Aquí suena mal. —Ella cogió un pitillo—. Qué pitillera más curiosa. Cómo pesa.

—Es porque está hecha de plomo. Es un recuerdo de la guerra, fabricada con un trozo de bomba que no me mató.

—¿Estuvo en la guerra?

—Era de los que jugaban con las bombas para ver si

estallaban. No hablemos de guerras. Concentrémonos en el mañana.

—¿Adónde vamos? —preguntó Hilary—. Nadie me ha dicho nada. ¿Es que...?

Él la detuvo.

—Aquí no son muy partidarios de las preguntas. Se va donde a uno le dicen que vaya y se hace lo que le ordenan.

—¿Le gusta que le manden, que le den órdenes, no poder expresar su opinión? —protestó Hilary con un súbito fervor.

—Estoy dispuesto a aceptarlo si es necesario. Y lo es, si queremos gozar de un mundo en paz, de disciplina, de un orden mundial.

—¿Y eso es posible? ¿Puede conseguirse?

—Cualquier cosa es mejor que esta confusión en que vivimos. ¿No está de acuerdo conmigo?

Por un breve instante, llevada por la fatiga, la soledad y la extraña belleza de la luz del amanecer, casi lo negó apasionadamente. Estuvo tentada de decir: «¿Por qué desprecia el mundo en que vivimos? Hay buenas personas. ¿No es la confusión un campo mucho mejor para defender la bondad y al individuo que un mundo impuesto y ordenado, un mundo que tal vez esté bien hoy, pero que será un error mañana? Prefiero un mundo amable habitado por seres humanos, aunque tengan sus defectos, a un mundo de autómatas superiores que digan adiós a la piedad, a la comprensión y a la simpatía».

Pero se contuvo a tiempo y respondió con entusiasmo:

—¡Cuánta razón tiene! Estaba cansada. Debemos obedecer y seguir adelante.

Él sonrió.

—Eso está mejor.

Capítulo 10

Un sueño. Eso parecía, y cada día más. Hilary sentía que llevaba viajando toda la vida viajando con aquellos cinco compañeros tan distintos. Habían saltado juntos del camino trillado directamente al vacío.

En cierto sentido, a aquel viaje no podía llamársele *huida*. Todos eran libres; es decir, libres de ir adonde quisieran. Por lo que ella sabía, no habían cometido ningún crimen ni la policía los buscaba.

No obstante, se habían tomado toda clase de precauciones para borrar sus rastros. Hilary a menudo se preguntaba la razón, porque no eran fugitivos. Parecía como si estuvieran en el proceso de convertirse en otras personas.

Aquello, en su caso, era más que cierto. Había salido de Inglaterra siendo Hilary Craven y se había transformado en Olive Betterton; tal vez su extraña sensación de irrealidad tuviera algo que ver con eso. Los manidos eslóganes políticos acudían a sus labios cada día con mayor facilidad. Se iba volviendo cada vez más ansiosa y apasionada, cosa que también atribuía a la influencia de sus compañeros.

Ahora los temía. Nunca había tratado de cerca a ningún genio.

Aquellas personas eran eminencias y tenían ese algo anormal que intimida a los seres vulgares. Los cinco eran distintos; no obstante, todos vivían intensamente su ideal y poseían esa fuerza de voluntad que resulta impresionante. Ignoraba si sería una cualidad interna o solo intensidad aparente, pero cada uno de ellos era un idealista apasionado. Para el doctor Barron, la vida consistía en el profundo deseo de estar una vez más en su laboratorio para poder calcular, experimentar y trabajar sin limitación de medios ni dinero. ¿Trabajar para qué? Dudaba que siquiera se hubiera hecho esa pregunta. Una vez le habló de poderes destructivos capaces de arrasar un continente y que ocupaban tan poco como para caber en un pequeño frasco.

Ella le había dicho:

—¿Usted podría hacer eso? ¿De veras lo haría?

—Sí, sí, desde luego, si fuera necesario. Sería interesantísimo presenciar el curso exacto, el desarrollo —contestó él, mirándola con una ligera sorpresa y añadiendo, con un suspiro—: ¡Queda tanto por conocer, tanto por descubrir...!

Por un momento, Hilary le comprendió, entendió que su ansia de conocimiento le llevara a descartar la vida de millones de seres humanos, como si no tuviera importancia. Era un punto de vista y, en cierto modo, nada indigno. Con Helga Needheim le pasaba lo contrario: su arrogancia y su soberbia le resultaban repelentes. Peters le caía bien, aunque de cuando en cuando le atemorizaba el fanatismo de su mirada.

—Usted no desea crear un mundo nuevo, sino que disfrutaría destruyendo el viejo —le dijo ella en cierta ocasión.

—Se equivoca, Olive. ¡Qué cosas dice!

—No, no me equivoco. En usted hay odio, lo siento. Odio. Deseo de destruir.

Ericsson era el más complejo de todos: un soñador, menos práctico que el francés, muy alejado de la pasión destructiva del norteamericano. Poseía el extraño y fanático idealismo de los escandinavos.

—Nosotros debemos conquistar el mundo —le dijo—. Entonces podremos gobernar.

—¿Nosotros?

—Sí, nosotros, los pocos que contamos. Los cerebros. Eso es todo lo que importa.

«¿Adónde iremos a parar? —pensó Hilary—. ¿A qué conduce todo esto? Esta gente está loca, pero cada uno padece una locura distinta. Es como si todos tuvieran distintas metas, como si vieran distintos espejismos. Sí, aquella era la palabra: *espejismo*.»

Contempló a la señora Calvin Baker. En ella no había fanatismo, odio, sueños, arrogancia ni aspiraciones. Nada que llamara la atención. Se trataba de una mujer sin corazón ni conciencia. Solo un instrumento eficiente en manos de una gran fuerza desconocida. Era el ocaso del tercer día. Habían llegado a una pequeña ciudad e hicieron un alto en un hotel. Allí volverían a vestir ropas europeas. Aquella noche, Hilary durmió en una pequeña habitación austera y encalada, bastante parecida a una celda. Al amanecer, la señora Baker la despertó.

—Nos vamos ahora mismo —le anunció—. El avión nos espera.

—¿El avión?

—Sí, querida. Volvemos a viajar como seres civilizados, gracias a Dios.

El viaje en coche duró casi una hora. Llegaron a lo que parecía un aeródromo militar abandonado. El piloto era francés. Volaron durante varias horas. Desde aquella altura, Hilary pensó que todos los lugares se parecían: montañas, valles, carreteras, casas. A menos que uno fuese un verdadero experto en perspectiva aérea, todo se veía igual. Lo único que podía decirse era que unos lugares parecían más poblados que otros. Y la mitad del tiempo se viajaba por encima de las nubes.

A primera hora de la tarde comenzaron a descender, volando en círculos. Se encontraban sobre un país montañoso, pero se iban acercando a un llano donde se atisbaba una pista muy bien señalizada y un edificio blanco. El aterrizaje fue perfecto.

La señora Baker abrió la marcha hacia el edificio junto al que los esperaban dos magníficos automóviles con sus respectivos chóferes. Sin duda, debía de tratarse de un campo de aviación privado, porque no se veían agentes ni personal aeronáutico.

—Final de trayecto —les anunció la señora Baker en tono jovial—. Ahora nos refrescaremos y acicalaremos, y luego subiremos a los coches.

—¿Final de trayecto? —Hilary la miró, asombrada—. ¡Pero si no hemos cruzado el mar!

—¿Es eso lo que esperaba? —replicó la señora Baker, divertida.

—Sí, eso esperaba. Creía que...

Se detuvo. La señora Baker negó con la cabeza.

—Eso es lo que imaginan muchas personas. Se han dicho muchas tonterías sobre el telón de acero, pero lo que yo digo es que en cualquier parte puede haber uno. La gente no lo piensa.

Los recibieron dos criadas árabes. Después de asearse, tomaron bocadillos, café y dulces.

La señora Baker consultó su reloj.

—Bueno, hasta la vista, amigos —se despidió—. Aquí es donde yo los dejo.

—¿Regresa usted a Marruecos? —preguntó Hilary, sorprendida.

—No sería muy apropiado, considerando que creen que he muerto en un accidente de aviación. No, me espera una ruta distinta.

—Pero alguien podría reconocerla —dijo Hilary—, alguien que la haya visto en los hoteles de Casablanca o Fez.

—¡Ah! Pero se equivocarán. Ahora tengo otro pasaporte, pero es muy cierto que una hermana mía, una tal señora Calvin Baker, murió de esa manera. Se supone que mi hermana y yo éramos muy parecidas.

—Y añadió—: Para las personas que coinciden en los hoteles, una norteamericana siempre se parece a otra.

«Sí, es plausible», pensó la muchacha. La señora Baker tenía todas las características visibles y poco importantes: la pulcritud, la corrección, el pelo azulado bien peinado, la voz altisonante y monótona. Las características interiores estaban muy bien disimuladas o no existían. La señora Calvin Baker mostraba al mundo y a sus compañeros una fachada, pero lo que se escondía tras ella no era fácil de adivinar. Era como si hubiese anulado deliberadamente esos toques individualistas que distinguen una personalidad de otra. Hilary se sintió inclinada a decírselo. Ella y la señora Baker estaban algo apartadas de los demás.

—No sé en absoluto cómo es usted en realidad.

—¿Por qué iba a saberlo? —replicó.

—Sí, claro. No obstante, debería saberlo. Hemos viajado juntas, hemos compartido bastantes cosas, y me parece extraño no saber nada de usted. Me refiero a nada esencial acerca de lo que piensa o siente, de lo que le gusta y disgusta, de lo que tiene o no importancia para usted.

—Es demasiado curiosa, querida. Si quiere aceptar un consejo, modere esa tendencia.

—Ni siquiera sé de qué parte de Estados Unidos procede.

—Eso tampoco importa. He terminado con mi país. Existen razones por las que nunca podré regresar. Y si puedo vengarme de él, disfrutaré haciéndolo.

Por un segundo, la vehemencia dominó su expresión y el tono de su voz. Luego volvió a ser la alegre turista de siempre.

—Bien, hasta la vista, señora Betterton. Espero que sea muy feliz al reunirse con su marido.

—Ni siquiera sé dónde estoy —advirtió Hilary, indefensa—. Me refiero a en qué parte del mundo.

—¡Oh, eso es fácil! Ahora no es necesario ocultarlo. Está en un punto remoto del Gran Atlas. Con eso es suficiente.

La señora Baker fue a despedirse de los demás y, con un alegre ademán, se alejó por la pista. El aparato estaba repostando combustible y el piloto ya la esperaba. Hilary se estremeció. Se iba su último lazo de unión con el mundo exterior. Peters pareció percibir su temor.

—El país del «no volverás» —dijo suavemente—. Me figuro que este es el nuestro.

—¿Todavía conserva el coraje, *madame* —intervino el doctor Barron—, o desea usted correr tras su amiga, subir con ella al avión y regresar al mundo que ha abandonado?

—¿Podría volver si lo deseara? —preguntó Hilary.

El francés se encogió de hombros.

—Quién sabe.

—¿Quiere que la llame? —se ofreció Andy Peters.

—Claro que no —replicó Hilary, tajante.

—Aquí no hay un lugar para las mujeres débiles —afirmó Helga despectivamente.

—Ella no lo es —aseveró el doctor Barron—, pero hace las preguntas que haría cualquier mujer inteligente.

Enfatizó esa última palabra como si aludiera a la alemana, quien, sin embargo, no se dio por aludida. Despreciaba a todos los franceses, y estaba felizmente convencida de su valía.

—Pero cuando al fin se ha alcanzado la libertad —intervino Ericsson con su voz aguda y nerviosa—, ¿cómo se puede pensar en regresar?

—Pero si no es posible regresar o escoger entre seguir adelante y regresar, entonces ¡ya no hay libertad! —exclamó Hilary.

Uno de los criados se acercó.

—Si tienen la bondad, los coches los esperan.

Salieron por la otra puerta del edificio. Dos Cadillac aguardaban, con sendos chóferes uniformados. Hilary pidió sentarse delante, diciendo que detrás se mareaba. Los demás lo aceptaron como cosa natural. Durante el trayecto, pudo cruzar algunas palabras con el conductor: le preguntó por el tiempo, por las características del automóvil y por otros temas. Hablaba francés bastante bien. El chófer le respondió con naturalidad.

—¿Cuánto tiempo se tarda? —le dijo al cabo de un rato.

—¿Desde el aeródromo al hospital? Tal vez unas dos horas, *madame*.

Sus palabras le sorprendieron desagradablemente. Había observado, sin darle mucha importancia, que al llegar Helga Needheim se había cambiado de ropa y ahora iba vestida de enfermera. Eso cuadraba.

—Hábleme del hospital —le pidió al chófer.

Su respuesta fue entusiasta.

—¡Ah, *madame*! ¡Es magnífico! El equipo es el más moderno del mundo. Vienen muchos médicos de visita y todos se van elogiándolo. Allí se hace un gran bien a la humanidad.

—Tiene que ser así —asintió Hilary—. Sí, sí, tiene que serlo.

—En el pasado, a estos pobres los enviaban a morir a una isla desierta. Pero aquí el nuevo tratamiento del doctor Kolini cura a un porcentaje muy elevado de pacientes, incluso a los que se encuentran ya en el estadio más avanzado de la enfermedad.

—Parece un lugar muy solitario para un hospital.

—¡Ah, *madame*! Tiene que ser así dadas las circunstancias. Las autoridades insistieron en que fuera de este modo. Pero aquí el aire es muy puro, maravilloso. Mire, allí es adonde nos dirigimos.

Se acercaban a las estribaciones de un macizo montañoso; en la ladera se alzaba un gran edificio de una blancura resplandeciente.

—Qué proeza levantar un edificio semejante en este sitio —comentó el chófer—. Han tenido que gastar una suma fabulosa. Debemos mucho a los ricos filántropos del mundo, *madame*. No son como los gobernantes, que siempre hacen las cosas lo más barato que se puede. Aquí se ha gastado el dinero a manos llenas.

»Nuestro patrón es uno de los hombres más ricos del mundo. Y aquí, ciertamente, ha construido una obra magnífica para aliviar los sufrimientos de la humanidad.

Fueron ascendiendo por un camino serpenteante. Por fin se detuvieron ante una gran verja de hierro.

—Tienen que apearse aquí, *madame*. No está permitido que el coche cruce esta puerta. Los garajes quedan a un kilómetro de distancia.

Los viajeros bajaron del vehículo. Había un gran tirador en la puerta de la verja, pero, antes de que pudieran usarlo, esta se abrió muy despacio. Una figura vestida de blanco, de rostro tostado y sonriente, se inclinó al franquearles la entrada. Cruzaron la verja. A un lado, detrás de un alto enrejado de alambre, había un gran patio en el que se paseaban varios hombres.

Se volvieron para mirar a los recién llegados... y Hilary lanzó un grito de espanto.

—Pero ¡si son leprosos! —exclamó—. ¡Leprosos!

Un estremecimiento de horror recorrió todo su cuerpo.

Capítulo 11

Las puertas de la colonia de leprosos se cerraron detrás de los viajeros con un sonido metálico que resonó en la conciencia de Hilary como un terrible acorde final. «Abandonad toda esperanza los que entréis aquí», parecía decir. Era el fin, el final de todo.

No había modo de escapar.

Ahora se encontraba sola entre enemigos y, al cabo de pocos minutos, se enfrentaría al descubrimiento y al fracaso. Claro que eso ya lo sabía de antemano. Sin embargo, cierto indomable optimismo del espíritu, la creencia de que no podía dejar de existir así como así, había enmascarado el hecho real. En Casablanca le había dicho a Jessop: «¿Y cuando me encuentre con Tom Betterton?». Y él le había contestado que sería entonces cuando mayor peligro correría, y había añadido que, en aquel momento, esperaba poder prestarle ayuda. Sin embargo, ahora Hilary era consciente de que no podría cumplir su promesa.

Si «la señorita Hetherington» era la agente en quien

Jessop confiaba, habría tenido que confesar su fracaso en Marrakech. Pero, de todas maneras, ¿qué podría haber hecho aquella mujer?

Los viajeros habían llegado al lugar del «no volverás». Hilary había jugado con la muerte y había perdido, y ahora se daba cuenta de que el diagnóstico de Jessop había sido correcto: ya no deseaba morir, sino vivir. El amor a la vida había vuelto a ella con toda su fuerza. Podía pensar en Nigel y en la tumba de Brenda con tristeza y piedad, pero no con la fría desesperación que la impulsaba al olvido y a la muerte. «Vuelvo a vivir, sana, entera —pensó—, y ahora me encuentro como un ratón en la ratonera. Si hubiera algún modo de escapar...»

No es que no hubiese pensado en el problema hasta aquel momento. Muy al contrario, pero le parecía que, una vez frente a Betterton, no tendría escapatoria posible. «¡Esta no es mi mujer!», exclamaría él, y allí mismo se acabaría la historia. Todos la mirarían y se darían cuenta de que era una espía infiltrada.

Porque ¿qué otra solución podría haber? Supongamos que fuera ella la que hablara primero. Supongamos que, antes de que Tom Betterton abriera la boca, ella pudiera exclamar: «¿Quién es usted? ¡Usted no es mi marido!». Si pudiera simular su indignación, sorpresa y horror, ¿conseguiría hacerlos dudar de que Betterton fuese Betterton? ¿De que quizá fuera un espía que había suplantado a su marido? Claro que, si la creían, Betterton se encontraría en un apuro. Pero si Betterton era un traidor, un hombre deseoso de vender los secretos de su país, ¿podría eso tener consecuencias fatales para él? «Qué difícil es distinguir entre lo que es lealtad y juicio de las personas o las cosas.» De todas formas, valía la pena intentarlo, despertar sus dudas.

Dominada por una sensación de mareo, volvió a fijarse en lo que la rodeaba. Sus pensamientos no habían parado de dar vueltas en círculos con el frenesí de un gato enjaulado, pero durante aquel tiempo su consciencia había seguido representando su papel.

La pequeña comitiva procedente del mundo exterior fue recibida por un hombre alto y bien parecido. Un políglota, al parecer, puesto que a cada uno le dedicó algunas palabras en su propia lengua.

—*Enchanté de faire votre connaissance, mon cher docteur* —murmuró ante el doctor Barron. Luego se dirigió a ella—: ¡Ah, señora Betterton, nos complace darle la bienvenida! Ha sido un viaje largo y desconcertante, ¿verdad? Su marido se encuentra perfectamente y, desde luego, esperándola con impaciencia. —Acompañó sus palabras con una discreta sonrisa que no dulcificó la mirada de sus fríos ojos claros—: Sin duda, debe de estar deseando verlo.

Hilary se sintió aún más mareada. Las personas que la rodeaban se alejaban y aproximaban como las olas del mar. Andy Peters, que se encontraba a su lado, la sostuvo.

—Me figuro que no se habrá enterado —dijo a su anfitrión—. La señora Betterton sufrió una fuerte conmoción en un lamentable accidente ocurrido en Casablanca, y este viaje no le ha hecho ningún bien, así como tampoco la excitación y ansiedad de ver a su marido. Yo creo que debería acostarse enseguida en una habitación a oscuras.

Hilary notó la amabilidad que desprendía su tono de voz.

Volvió a tambalearse. Sería sencillo, sencillísimo, caer de rodillas y desplomarse fingiendo un asomo de desmayo. Dejar que la acostaran en una habitación a oscuras y retardar, aunque no fuera más que un rato, el momento de ser descubierta. Pero Betterton iría a verla. Cualquier marido lo haría. Se inclinaría sobre la cama en la penumbra y, al primer murmullo de su voz, o cuando sus ojos se acostumbraran a la oscuridad y distinguiera su perfil, comprendería que ella no era Olive Betterton.

Hilary recobró el valor. Se irguió. El color regresó a sus mejillas y alzó la cabeza.

Si aquel era el fin, al menos quería estar a la altura. Iría a ver a Betterton y, cuando la rechazara, intentaría la última farsa y diría, confiada y sin temor: «No, claro que no soy su esposa. Su esposa, lo siento muchísimo, ha muerto. Yo estaba en el hospital cuando falleció y le prometí llegar hasta usted como fuese y darle su último mensaje. Comprenda, simpatizo con sus ideas, con todo lo que hacen ustedes. Por eso quiero ayudarles».

Muy endeble. Demasiado. Además, tendría que explicar todas aquellas tontas fruslerías: el pasaporte falsificado, la tarjeta de crédito.

Sí, pero había personas que salían adelante con las mentiras más audaces. Lo importante era mentir con el aplomo necesario y ser descarado. Por lo menos, moriría luchando.

Se irguió y apartó gentilmente el brazo de Peters.

—¡Oh, no! Debo ver a Tom. Debo ir a verlo enseguida. Ahora mismo, por favor.

El gigante se mostró comprensivo, aunque su mirada seguía siendo fría y vigilante.

—Claro, claro, señora Betterton. La comprendo perfectamente. ¡Aquí está la señorita Jennson!

Una joven delgada y con gafas se unió a ellos.

—Señorita Jennson, le presento a la señora Betterton, a Fräulein Needheim, al doctor Barron, al señor Peters y al doctor Ericsson. ¿Quiere acompañarlos al Registro? Sírvales una copa. Yo me reuniré con ustedes dentro de unos minutos. Acompañaré a la señora Betterton junto a su marido. No tardaré en volver. —Miró a Hilary—: Sígame, señora Betterton.

Echó a andar y ella fue tras él. Antes de doblar un recodo del pasillo, miró por encima del hombro. Andy Peters seguía observándola con cierta preocupación; por un momento, pensó que iba a acompañarla.

«Se debe de haber dado cuenta de que algo va mal, de que hay algo raro en mí —se dijo Hilary—, aunque no sabe lo que es. —Se estremeció al pensarlo—. Tal vez sea la última vez que lo vea.»

Por eso, al doblar la esquina tras su guía, alzó la mano para decirle adiós.

El hombretón charlaba alegremente.

—Por aquí, señora Betterton. Al principio, encontrará nuestros edificios algo desconcertantes, con tantos pasillos, todos tan parecidos.

Era como una pesadilla: interminables corredores blancos e impolutos por los que caminaba sin descanso y sin encontrar jamás la salida.

—No imaginaba que sería un hospital —comentó.

—No, no, desde luego. Usted no podía imaginarse nada, ¿no es cierto? —En su voz había un ligero matiz de perverso regocijo—. Usted ha tenido, como dicen, que «volar a ciegas». A propósito, mi nombre es Van Heidem, Paul van Heidem.

—Es todo un poco extraño y bastante aterrador —dijo la joven—. Esos leprosos...

—Sí, sí, desde luego. Pintorescos y, por lo general, tan inesperados. Trastornan a los recién llegados, pero ya se acostumbrará a ellos. ¡Oh, sí! Se acostumbrará con el tiempo. —Soltó una risita—. Siempre lo he considerado muy divertido. —De pronto se detuvo—. Suba este tramo de escalones sin apresurarse. Con calma. Casi hemos llegado.

Casi había llegado. ¡Qué cerca estaba! ¿Cuántos escalones faltaban para morir? Arriba, arriba, eran unos escalones muy altos, mucho más que los europeos. Y luego enfilaron otro de los higiénicos pasillos hasta que Van Heidem se detuvo ante una puerta. Llamó, esperó y luego la abrió.

—Ah, Betterton, aquí estamos por fin. ¡Su esposa!

Se hizo a un lado con un ligero ademán.

Hilary entró decidida en la habitación. Sin miedo,

con la cabeza erguida para enfrentarse con su destino. Casi vuelto hacia la ventana se encontraba un hombre extraordinariamente apuesto. Ella lo contempló con sorpresa; no se correspondía con su idea de Tom Betterton. La fotografía que le habían enseñado de él no se parecía en lo más mínimo.

Fue esa confusa sensación de sorpresa lo que la ayudó a decidirse: pondría en práctica su primera tentativa desesperada. Avanzó rápidamente y luego exclamó:

—Pero ¡este no es Tom! —clamó con voz sorprendida, rota—. Este no es mi marido.

Lo hizo muy bien. Estuvo dramática, pero sin exagerar la nota. Interrogó a Van Heidem con la mirada.

Entonces Betterton se echó a reír. Una risa discreta, tranquila, divertida, casi triunfante.

—Muy bien, ¿eh, Van Heidem? ¡Ni siquiera mi mujer me conoce! —En cuatro zancadas se acercó a ella para estrecharla entre sus brazos—. Olive, querida. Claro que me conoces. Soy Tom, aunque no tengo la misma cara de antes. —Apretó su rostro al suyo y le murmuró al oído—: ¡Disimule, por Dios! ¡Estamos en peligro! —Dejó de abrazarla por un momento y luego la volvió a abrazar—. ¡Querida! ¡Parece que hayan pasado años! Pero aquí estás, ¡por fin!

Hilary sintió la presión de sus dedos en la espalda, como una advertencia, transmitiéndole un mensaje urgente.

Solo al cabo de unos instantes la soltó, apartándola para contemplar su rostro.

—Todavía no puedo creerlo —dijo con una risa nerviosa—. No obstante, ahora sabes que soy yo, ¿verdad?

Sus ojos, fijos en los de ella, seguían transmitiéndole su mensaje.

Hilary no comprendía nada, no podía comprenderlo, pero era un milagro y se apresuró a seguirle el juego.

—¡Tom! —dijo con una emoción que la satisfizo—. ¡Oh, Tom! Pero ¿cómo...?

—¡Cirugía estética! El doctor Hertz, de Viena, está aquí. ¡Es una maravilla! No me digas que echas de menos mi vieja nariz aplastada.

Tom la besó de nuevo, esta vez muy levemente, y luego se volvió hacia el vigilante Van Heidem con una risa de disculpa.

—Perdone los excesos, Van Heidem.

—Es muy natural. —El holandés sonrió con benevolencia.

—Ha pasado tanto tiempo —dijo Hilary—, y yo... —Se tambaleó un poco—. Yo... Por favor, ¿puedo sentarme?

Tom se apresuró a acomodarla en una silla.

—Por supuesto, querida. Estarás agotada. Ese terrible viaje y el accidente de avión. Dios mío, ¡creí que te perdía!

De modo que no estaban aislados. Lo sabían todo del accidente.

—Tengo la cabeza como si fuera de corcho —se disculpó Hilary—. Me olvido de las cosas, las confundo, y sufro unas jaquecas terribles. Y, ahora, encontrarte convertido en un desconocido. Estoy algo confundida, querido. ¡Espero no ser un estorbo para ti!

—¿Tú, un estorbo? Nunca. Tienes que descansar un poco, eso es todo. Aquí disponemos de todo el tiempo del mundo.

Van Heidem se dirigió a la puerta.

—Ahora los dejo. Dentro de un rato, ¿querrá llevar a su esposa al Registro, Betterton? Por el momento, preferirán estar solos.

En cuanto salió, Betterton cayó de rodillas junto a Hilary y escondió su rostro en su hombro.

—¡Querida, querida! —Una vez más, Hilary sintió que la estaba advirtiendo de algo. El susurro, que apenas resultaba audible, era apremiante—. Siga fingiendo. Puede haber un micrófono en alguna parte, nunca se sabe.

Eso era cierto, por supuesto. Nunca se sabía. En aquel ambiente percibía temor, inquietud, peligro, siempre el peligro.

Betterton se sentó sobre los talones.

—¡Es tan maravilloso volver a verte! —dijo con voz apagada—. Y, no obstante, es como un sueño, no del todo real, ¿sabes? ¿También tú sientes lo mismo?

—Sí, eso es, un sueño. Estar aquí contigo al fin. Todavía no puedo creer que sea verdad, Tom.

Le había colocado las manos sobre los hombros y lo miraba con una ligera sonrisa.

También podía haber una mirilla, además de un micrófono.

Valoró con calma y frialdad lo que veía: un hombre

nervioso y bien parecido, de unos treinta y tantos años y que estaba terriblemente asustado. Un hombre a punto de derrumbarse, que tal vez hubiera llegado allí lleno de esperanzas y que se había convertido en aquello. Ahora que había superado con éxito el primer obstáculo, Hilary sentía un curioso entusiasmo por representar su papel. Debía ser Olive Betterton. Actuar como ella y sentir lo que ella hubiera sentido. La vida era tan irreal que todo aquello le parecía casi natural. Una joven llamada Hilary Craven había muerto en un accidente de aviación. A partir de ese momento, sintió que nunca la recordaría.

Lo que sí recordó enseguida fueron las lecciones que había estudiado con tanto ahínco.

—Parece que han pasado siglos desde Fairbank —le dijo a su marido—. Whiskers, ¿te acuerdas de Whiskers? Tuvo gatitos justo después de que tú te marcharas. Hay tantas cosas tontas, de esas que ocurren a diario y que normalmente te pasan desapercibidas... ¡Me resulta tan extraño!

—Lo sé. Es como romper con la antigua vida y comenzar otra nueva.

—¿Y qué tal por aquí? ¿Eres feliz? —Una pregunta necesaria que toda mujer haría a su marido.

—Es maravilloso. —Tom Betterton enderezó los hombros y echó la cabeza hacia atrás. Sus ojos asustados y tristes contrastaron con el rostro sonriente—. Tenemos todas las facilidades. No reparan en gastos. Y las condiciones de trabajo son perfectas. ¡Y la organización, increíble!

—¡Estoy segura de ello! Mi viaje. ¿Viniste tú del mismo modo?

—No se habla de esas cosas. Oh, no es que te riña, querida, pero tienes que aprenderlo todo.

—¿Y los leprosos? ¿Es realmente una leprosería?

—Oh, sí. Desde luego. Hay un equipo médico que está realizando unos trabajos de investigación de primera. Pero los pacientes están aislados y son autosuficientes. No tienes por qué preocuparte. Es solo un buen camuflaje.

—Ya. —Hilary miró a su alrededor—. ¿Son estas nuestras habitaciones?

—Sí. La sala, allí está el baño y, más allá, el dormitorio. Vamos, te lo enseñaré.

Hilary lo siguió. A través de un baño muy bien dispuesto llegaron a un amplio dormitorio con dos camas gemelas, grandes armarios empotrados, un tocador y una librería. Hilary miró uno de los armarios con cierto regocijo.

—No sé lo que voy a guardar aquí dentro —observó—. Solo traigo lo que llevo puesto.

—Oh, no te preocupes. Podrás tener todo lo que desees. Hay un departamento de vestuario y toda clase de accesorios, cosméticos y demás. Todo de primera. La unidad se autoabastece: en el edificio encontrarás lo que quieras. No hay ninguna necesidad de volver a salir al exterior.

Lo dijo a la ligera, pero a Hilary le pareció que, tras aquellas palabras, había cierta desesperación.

No era necesario salir de allí. No habría oportunidad de dejar ese lugar, nunca. ¡Abandonad toda esperanza los que entréis aquí! ¡Una jaula de oro! ¿Y para eso todas aquellas personalidades habían renunciado a su patria y sus hogares? El doctor Barron, Andy Peters, el joven Ericsson, con su rostro soñador, y la altiva Helga Needheim. ¿Sabían lo que se iban a encontrar? ¿Les llenaría?

¿Era eso lo que deseaban?

«Será mejor que no haga demasiadas preguntas por si alguien está escuchando.» ¿Los estarían espiando? Tom Betterton lo creía así, pero ¿estaba en lo cierto? ¿O eran solo los nervios los que le hacían pensar así? A Tom Betterton no le faltaba mucho para derrumbarse. Sí, y quizá ella estaría igual al cabo de seis meses. ¿Qué efectos produciría en las personas vivir de ese modo?

—¿No te gustaría echarte un rato y descansar? —le preguntó Tom.

—No —vaciló Hilary—. No, creo que no.

—Entonces será mejor que vengas conmigo al Registro.

—¿Qué es el Registro?

—Todo el que entra aquí pasa por el Registro. Anotan todas las particularidades. Salud, dentadura, presión y grupo sanguíneos, perfil psicológico, gustos, aversiones, aptitudes, preferencias.

—Parece una revisión para entrar en el ejército. ¿O debo decir que es una revisión médica?

—Ambas cosas —repuso Betterton—. Esta organización es verdaderamente formidable.

—Eso he oído —dijo Hilary—. Tras el telón de acero está todo bien planeado.

Trató de hablar con entusiasmo. Al fin y al cabo, se suponía que Olive Betterton simpatizaba con el Partido, aunque no estuviese afiliada, tal vez por orden del propio Partido.

—Hay muchas cosas que tienes que ir comprendiendo —dijo Betterton en tono evasivo, y añadió a toda prisa—: Aunque será mejor que no trates de asimilar demasiadas al mismo tiempo. —Volvió a besarla con frialdad, aunque con aparente ternura—. Sigue fingiendo —murmuró junto a su oído, y luego añadió en voz alta—: Y, ahora, vamos al Registro.

Capítulo 12

La responsable del Registro era una mujer con el aspecto de una institutriz severa. Llevaba los cabellos recogidos en un moño bastante estrafalario y usaba gafas sin montura. Asintió al ver entrar a los Betterton en la austera oficina.

—¡Ah! Ha traído usted a la señora Betterton. Muy bien.

Hablaba un inglés perfecto, pero su dicción era tan formal que Hilary pensó que debía de ser extranjera. En realidad, era suiza. Hizo sentar a Hilary, abrió un cajón y sacó un montón de formularios que comenzó a rellenar con rapidez.

—Bueno, Olive, te dejo —dijo Betterton.

—Sí, por favor, doctor Betterton. Será mucho mejor que acabemos ahora con todas las formalidades.

Betterton se marchó. La autómata —pues esa impresión le había producido a Hilary— continuó escribiendo.

—Bien —añadió—. Dígame su nombre completo,

edad, lugar de nacimiento, nombre del padre y de la madre. Cualquier enfermedad grave. Gustos, aficiones. Hágame una lista de los empleos que ha tenido. Títulos universitarios y sus preferencias en cuanto a comidas y bebidas.

Continuó preguntando las cosas más inverosímiles. Hilary respondía casi de forma mecánica. Ahora se alegraba de la esmerada instrucción que había recibido de Jessop. Lo hizo tan bien que las respuestas acudían a sus labios sin tener que detenerse a pensar.

—De acuerdo —anunció la autómata al rellenar la última casilla—, eso es todo para este departamento. Ahora la visitará Schwartz para la revisión médica.

—¡¿De veras?! —exclamó Hilary—. ¿Es necesario todo eso? Lo encuentro absurdo.

—Oh, nosotros hacemos las cosas a conciencia, señora Betterton. Nos gusta tener informes bien completos. Schwartz la aguarda. Luego irá a ver al doctor Rubec.

Schwartz resultó ser una doctora rubia y muy amable. Examinó a la joven minuciosamente.

—¡Ya está! —dijo al final—. Hemos terminado. Ahora vaya a ver al doctor Rubec.

—¿Quién es el doctor Rubec? —quiso saber Hilary—. ¿Otro médico?

—El doctor Rubec es psicólogo.

—No quiero ver a un psicólogo. No me gustan los psicólogos.

—Vamos, señora Betterton, no se inquiete. No van a administrarle ningún tratamiento. Solo se trata de un test de inteligencia y otro para conocer qué tipo de personalidad tiene usted.

El doctor Rubec era un suizo alto y melancólico de unos cuarenta años de edad. Saludó a Hilary, echó un vistazo a la ficha que le había entregado la doctora Schwartz y asintió.

—Celebro ver que su salud es excelente. Tengo entendido que sufrió usted un accidente de aviación, ¿no es cierto?

—Sí —confirmó Hilary—. Estuve cuatro o cinco días en un hospital de Casablanca.

—Cuatro o cinco días no es suficiente —afirmó Rubec—. Debería haber estado más tiempo.

—No quería permanecer ingresada. Deseaba continuar mi viaje.

—Eso, desde luego, es muy comprensible, pero se necesita mucho reposo después de una conmoción. Quizá, en apariencia, se encuentre bien, pero puede haber sufrido serios trastornos. Sí, veo que sus reflejos no son los que deberían ser. En parte debido a la excitación del viaje y, en parte, sin duda, a la conmoción. ¿Tiene dolores de cabeza?

—Sí, fortísimos. Me confundo muy a menudo y no me acuerdo de algunas cosas.

Hilary consideró prudente insistir sobre este punto. El doctor Rubec asentía, comprensivo.

—Sí, sí, sí, pero no se preocupe. Todo esto pasará. Ahora le iré diciendo algunas palabras para ver si es capaz de asociar ideas; así averiguaremos qué tipo de mentalidad es la suya.

Hilary estaba algo nerviosa, pero al parecer todo fue bien. El test parecía un mero trámite. El doctor Rubec iba anotando sus respuestas en un amplio formulario.

—Es un placer —comentó, al fin— tratar con alguien que no es ningún genio. Perdóneme y no se tome mal lo que le digo, *madame*.

Hilary rio.

—¡Oh, desde luego que no soy ningún genio!

—Por fortuna para usted. Puedo asegurarle que su vida será mucho más tranquila. —El doctor Rubec suspiró—. Aquí, como comprenderá, trato principalmente con inteligencias privilegiadas, más del tipo sensitivo, expuestas a desequilibrarse con facilidad y en las que la tensión emocional es muy fuerte. El hombre de ciencia, *madame*, no es el individuo ecuánime y frío que suelen pintar en las novelas. De hecho —señaló Rubec, pensativo—, entre un jugador de tenis de élite, una *prima donna* y un físico nuclear existe muy poca diferencia en cuanto a inestabilidad emocional se refiere.

—No se lo puedo negar —dijo Hilary, recordando que, de acuerdo con su nueva personalidad, había vivido algunos años en estrecha relación con científicos—. Sí, pueden ser algo temperamentales.

El doctor Rubec levantó las manos en un gesto harto expresivo.

—No creería usted las emociones que se desatan aquí. Las peleas, las envidias, ¡las suspicacias! Debemos estar preparados para saber cómo tratarlas. Pero usted, *madame* —sonrió—, forma parte de una clase que aquí es una pequeña minoría. La clase afortunada, si me permite decirlo.

—No lo comprendo del todo. ¿Qué clase de minoría?

—La de las esposas. Aquí no hay muchas. Se permite venir a muy pocas. En conjunto, están libres de los arrebatos de sus esposos y de los colegas de sus esposos.

—¿Y qué hacen aquí? —preguntó Hilary. Y, a modo de disculpa, añadió—: Todo esto me resulta muy nuevo. Todavía no comprendo nada.

—Naturalmente. Es de lo más lógico. Aquí hay entretenimientos, diversiones y cursos. Tiene un amplio campo para elegir. Espero que disfrute de una vida muy agradable.

—¿Como usted?

Era una pregunta bastante osada. ¿Había sido sensato formularla?, se dijo Hilary. No obstante, al doctor Rubec le pareció divertida.

—Tiene usted razón, *madame*. Aquí la vida me parece tranquila y sumamente interesante.

—¿No siente nostalgia de Suiza?

—En absoluto. No. Eso es en parte porque, en mi casa, el ambiente no era propicio. Tenía mujer y varios hijos. No estoy hecho para ser hombre de familia. Aquí el ambiente es mucho más agradable. Tengo muchas oportunidades para estudiar ciertos aspectos de la inteligencia humana que me interesan y sobre los que estoy escribiendo un libro. No tengo preocupaciones domésticas ni distracciones o interrupciones. Es perfecto.

—¿Adónde debo ir ahora? —preguntó Hilary mientras él se ponía de pie y le estrechaba la mano con mucha formalidad.

—*Mademoiselle* La Roche la llevará a la sección de ropa, y estoy seguro de que el resultado será admirable. —Se inclinó.

Después de las severas autómatas con las que había tratado hasta entonces, Hilary se vio agradablemente sorprendida por *mademoiselle* La Roche. Esta señorita había sido *vendeuse* en una casa de *haute couture* de París, y sus modales eran exquisitamente femeninos.

—Estoy encantada de conocerla, *madame*. Espero poder servirla. Puesto que acaba de llegar y, sin duda, estará cansada, le sugiero que ahora escoja solo lo más urgente. Mañana, y por supuesto durante la semana que viene, podrá examinar nuestra colección con toda calma. Siempre he pensado que es muy fatigoso tener que elegir a toda prisa. Estropea todo el placer de la *toilette*. Le sugiero que escoja solamente ropa interior, un vestido para ir al comedor y tal vez un *tailleur*.

—¡Cuánto me alegro! —comentó Hilary—. No puede imaginarse lo extraño que es no tener más que un cepillo de dientes y una esponja.

Mademoiselle La Roche rio alegremente. Le tomó medidas a Hilary y la condujo a un gran apartamento con armarios empotrados. Allí había toda clase de vestidos con telas de primera calidad, de un corte excelente y en todas las tallas. La joven seleccionó lo esencial de la *toilette* y luego pasaron a la sección de cosméticos, donde Hilary eligió polvos, cremas y otros artículos de tocador. Una joven nativa de rostro moreno, vestida de blanco, recogió todo lo que había seleccionado para llevarlo al apartamento de los Betterton.

A Hilary todo aquello le parecía un sueño.

—Espero que en breve tengamos el gusto de verla de nuevo —le dijo *mademoiselle* La Roche—. Será un gran placer ayudarla a seleccionar sus modelos, *madame*. *Entre nous*, a veces mi trabajo resulta ingrato. Estas damas científicas se preocupan muy poco por su *toilette*. Por ejemplo, no hará ni media hora que estuvo aquí una de sus compañeras de viaje.

—¿Helga Needheim?

—Sí, ese es su nombre. No estaría de más si cuidara un poco su figura. Si escogiera una línea que la favoreciese resultaría mucho más atractiva. Pero ¡no! No tiene el menor interés por la ropa. Creo que es médica. Especialista en no sé qué. Esperemos que demuestre un poco más de interés por sus pacientes que por su *toilette*. ¿Qué hombre la miraría dos veces?

La señorita Jennson, la joven delgada, morena y con gafas que los había recibido a su llegada, entró.

—¿Ya ha terminado aquí, señora Betterton? —le preguntó.

—Sí, gracias.

—Entonces tal vez quiera acompañarme a ver al subdirector.

Hilary le dijo *au revoir* a *mademoiselle* La Roche y siguió a la señorita Jennson.

—¿Quién es el subdirector? —preguntó.

—El doctor Nielson.

«Aquí todos son doctores en algo», pensó Hilary.

—¿Qué es exactamente el doctor Nielson? —insistió—. ¿Médico, científico...?

—No, no es médico, señora Betterton. Se encarga de la administración. Todas las quejas hay que presentárselas a él. Es el jefe administrativo de la Unidad, y siempre mantiene una entrevista con todo el que llega. Después, no creo que vuelva usted a verlo, a menos que ocurra algo muy importante.

—Ya —replicó Hilary dócilmente; tenía la divertida sensación de que le habían parado los pies.

Para entrar en los dominios del doctor Nielson tuvieron que pasar por dos oficinas donde trabajaban varias mecanógrafas. Al fin las admitieron en el despacho del jefe administrativo, quien se puso en pie detrás de su enorme escritorio. Era un hombre corpulento y de modales corteses. Hilary supuso que debía de ser norteamericano, aunque tenía muy poco acento.

—¡Ah! —exclamó, adelantándose para estrechar la mano de Hilary—. Usted es..., sí, déjeme pensar..., sí, la señora Betterton. Encantado de darle la bienvenida, señora. Esperamos que sea muy feliz entre nosotros. Lamento el desgraciado accidente que sufrió durante su viaje, pero celebro que no haya sido nada. Sí, tuvo usted mucha suerte. Muchísima. Bien, su marido la estaba esperando con impaciencia y confío en que ahora que ya está usted aquí se instalen a gusto y estén contentos y felices.

—Gracias, doctor Nielson.

Hilary tomó asiento en la silla que él le acercó.

—¿Desea usted hacerme alguna pregunta? —le dijo Nielson inclinándose sobre su escritorio.

—Es difícil responder a eso. La verdad es que tengo tantas que no sé por dónde empezar.

—Claro, claro. Lo comprendo. Si quiere seguir mi consejo (es solo un consejo, nada más), yo, en su lugar, no preguntaría nada. Acomódese y vea lo que ocurre. Créame, es el mejor sistema.

—¡Sé tan pocas cosas! ¡Y es todo tan inesperado!

—Sí, la mayoría pensaba que se dirigía a Moscú. —Rio alegremente—. A casi todos les sorprende nuestro hogar en el desierto.

—Desde luego para mí ha sido una sorpresa.

—Bueno, no decimos muchas cosas de antemano. Podrían no ser discretos, y la discreción es bastante importante. Pero ya verá qué cómoda se encontrará aquí. Cualquier cosa que no le guste, o que desee en particular, solo tiene que decirlo e intentaremos arreglarlo. Cualquier afición artística, pintura, escultura, música..., tenemos un departamento para cada cosa.

—Temo no tener ningún talento en este sentido.

—Aquí también hay mucha vida social. Disponemos de toda clase de juegos, pistas de tenis, de *squash*. Hemos comprobado que la gente necesita unas dos semanas para situarse, sobre todo las mujeres. Sus maridos tienen sus trabajos y están ocupados, y algunas veces las esposas tardan algún tiempo en congeniar con otras esposas. Ya me comprende.

—Pero ¿hay que quedarse aquí?

—¿Quedarse aquí? No la comprendo, señora Betterton.

—Quiero decir si uno se queda aquí o va a algún otro sitio.

El doctor Nielson se mostró poco concreto:

—¡Ah! Eso depende de su marido. Ah, sí, sí, eso depende en gran parte de él. Hay posibilidades. Varias posibilidades. Le sugiero que..., bueno, que vuelva a verme dentro de unas tres semanas, y me diga qué tal se encuentra aquí y demás.

—¿No se sale de aquí para nada?

—¿Salir, señora Betterton?

—Quiero decir fuera de las verjas.

—Es una pregunta muy natural —observó Nielson—. Sí, sí, muy natural. La mayoría la hace al llegar. Pero el caso es que nuestra Unidad constituye un mundo en sí misma. No hay por qué salir, estamos en pleno desierto. No se lo reprocho, señora Betterton. La mayoría de las personas sienten lo mismo la primera vez que vienen aquí: una ligera claustrofobia. Así es como la define el doctor Rubec. Pero le aseguro que eso se pasa. Es un lastre, por así decirlo, del mundo que acaba de dejar. ¿Ha observado alguna vez un hormiguero, señora Betterton? Es muy interesante..., interesante e instructivo. Cientos de miles de insectos negros yendo de un lado a otro, decididos, activos y con un fin determinado. Y, no obstante, todo el conjunto es un embrollo. Así es el viejo mundo que usted ha abandonado. Aquí hay comodidad, trabajo y tiempo indefinido. Se lo aseguro, es el paraíso en la tierra.

Capítulo 13

—Es como un colegio —comentó Hilary.

Estaba de nuevo en sus habitaciones. Los vestidos y los cosméticos que había escogido la esperaban en su dormitorio. Colgó los trajes en el armario y dispuso las demás cosas a su gusto.

—Sí, lo sé —confirmó Betterton—. Al principio, yo pensaba lo mismo.

Su conversación era prudente y un tanto formal. Seguía pesando sobre ellos la sombra de un posible micrófono. Thomas añadió de una manera un tanto ambigua:

—Todo va bien. Creo que probablemente fuera producto de mi imaginación. Pero, aun así...

Dejó la frase sin terminar, pero Hilary comprendió que lo que quedaba por decir era: «...Será mejor que nos andemos con cuidado».

Todo era como una fantástica pesadilla, pensó Hilary.

Allí estaba ella, con un extraño y, no obstante, la incertidumbre y el peligro permitían que ninguno de los dos se sintiera violento. Era como participar en la escalada de una montaña suiza: en esas circunstancias, compartir cabaña con los guías y otros escaladores es algo muy natural.

—Cuesta un poquitín acostumbrarse —añadió Betterton al cabo de unos instantes—: seamos naturales, corrientes. Más o menos como si todavía estuviésemos en casa.

Ella comprendió que el consejo era acertado. Aquella sensación de irrealidad persistiría durante algún tiempo. No era momento para tratar las razones, las esperanzas y las desilusiones que habían empujado a Betterton a abandonar Inglaterra. Eran dos personajes que representaban su papel, mientras sobre sus cabezas planeaba una amenaza indefinida.

—He tenido que pasar por un montón de formalidades médicas, psicológicas y todo eso.

—Sí. Siempre se hace. Es natural, supongo.

—¿Tú hiciste lo mismo?

—Más o menos.

—Luego fui a ver al subdirector, así creo que le llaman.

—Sí. Es quien dirige este sitio. Un hombre muy capaz y un buen administrador.

—Pero ¿no es el jefe de todo esto?

—¡Oh, no! Ese es el director.

—¿Lo veré?

—Supongo que sí, pero no suele aparecer a menudo por aquí. De cuando en cuando viene y nos dedica un discurso. Tiene una personalidad muy estimulante.

Betterton frunció levemente el ceño. Hilary consideró prudente dejar el tema.

—La cena es a las ocho —dijo Betterton, mirando su reloj—. De ocho a ocho y media. Será mejor que bajemos, si estás dispuesta.

Habló en el mismo tono de quien está en un hotel.

Hilary se había puesto el vestido que acababa de escoger. Era de un tono gris verdoso muy suave que resaltaba su roja cabellera.

Se puso un collar bastante bonito y dijo que estaba lista. Bajaron la escalera y, tras recorrer varios pasillos, llegaron al gran comedor.

La señorita Jennson salió a su encuentro.

—Le he preparado una mesa algo más grande, Tom. Dos compañeros de viaje de su esposa se sentarán con ustedes, y los Murchison, desde luego.

Se dirigieron a la mesa indicada. La mayoría eran para cuatro, ocho o diez personas. Andy Peters y Ericsson ya estaban sentados y se pusieron en pie cuando Hilary y Tom se acercaron. La joven les presentó a «su marido». Luego se unió a ellos otra pareja. Betterton dijo que eran el doctor Murchison y su esposa.

—Simon y yo trabajamos en el mismo laboratorio —explicó.

Simon Murchison era un hombre joven, delgado y de aspecto anémico. Tendría unos veintiséis años. Su esposa era una chica robusta y morena. Hablaba con fuerte acento extranjero, y Hilary supuso que debía de ser italiana. Se llamaba Bianca. Hilary saludó a la joven cortésmente, aunque con cierta reserva, o al menos eso le pareció.

—Mañana le enseñaré este lugar. Usted no es científica, ¿verdad?

—No, no recibí formación científica —repuso Hilary—. Antes de casarme era secretaria.

—Bianca es abogada —apuntó su esposo—. Ha estudiado ciencias económicas y derecho mercantil. Algunas veces dicta conferencias, pero es difícil encontrar en qué ocupar todo el tiempo disponible.

Bianca se encogió de hombros.

—Me las apaño. Después de todo, Simon, vine aquí para estar contigo, y creo que podríamos organizar muchas actividades. Estoy estudiando cómo hacerlo. Quizá la señora Betterton, que no está ligada a ningún trabajo científico, pueda ayudarme en estas cosas.

Hilary se apresuró a aceptar. Andy Peters los hizo reír a todos diciendo tristemente:

—Me siento como un niño pequeño que acaba de ingresar en un colegio y añora su casa. Estaré encantado de comenzar a trabajar.

—Es un lugar maravilloso para el trabajo —afirmó Simon Murchison con entusiasmo—. Sin interrupciones y con todos los aparatos que se deseen.

—¿Cuál es su especialidad? —le preguntó Andy Peters.

Los tres hombres se enfrascaron en una conversación técnica que Hilary apenas entendía. Se dirigió a Ericsson, que estaba reclinado en su silla mirando al vacío.

—¿Y usted? —le preguntó—. ¿También se siente como un niño nostálgico?

La miró como si regresara de muy lejos.

—Yo no necesito un hogar. Todas esas cosas, hogar, lazos afectivos, padres, hijos, son grandes estorbos. Para trabajar hay que ser completamente libre.

—¿Y cree que aquí lo será?

—Todavía no puedo decirlo. Eso espero.

—Después de cenar se puede escoger entre varias cosas —le explicó Bianca a Hilary—. Hay un salón de juego en el que jugar al bridge. También hay un cine y tres noches por semana se ofrecen representaciones teatrales. De vez en cuando también organizan un baile.

Ericsson frunció el ceño.

—Todas esas cosas son innecesarias —comentó—. Disipan energías.

—Para las mujeres no —respondió Bianca—. Para nosotras son necesarias.

Él la miró con frialdad y disgusto.

«Para Ericsson, las mujeres también somos innecesarias», pensó Hilary.

—Yo me acostaré temprano —comentó en voz alta, bostezando deliberadamente—. Creo que esta noche no me apetecerá ver ninguna película ni jugar al bridge.

—Sí, querida —se apresuró a decir Tom Betterton—. Es mucho mejor que te acuestes pronto y descanses. Recuerda que has tenido un viaje agotador. —Se levantaron de la mesa y añadió—: Aquí, de noche, el aire es maravilloso. Solemos dar una vuelta por la terraza-jardín antes de ir a divertirnos o a estudiar. Podemos ir un rato y luego te acuestas.

Subieron en un ascensor manejado por un nativo de un aspecto magnífico vestido de blanco. Hilary se fijó en que los habitantes del complejo eran más morenos y corpulentos que los delgados bereberes, que tenían la complexión de la gente que vive en el desierto.

A la joven le sorprendió la inesperada belleza de la terraza, así como el lujo con que estaba dispuesta. Debían de haber subido hasta allí toneladas de tierra, y el resultado era como un cuento de *Las mil y una noches*. Se oía el murmullo del agua y había gran cantidad de palmeras muy altas, bananos y plantas tropicales, así como caminos de azulejos con dibujos de flores persas multicolores.

—¡Es increíble! ¡Aquí, en medio del desierto! —Y dijo lo que había pensado—: Parece un cuento de *Las mil y una noches*.

—Estoy de acuerdo con usted, señora Betterton —coincidió Murchison—. ¡Parece exactamente la obra del genio de la lámpara! Supongo que ni siquiera en el desierto hay nada que no pueda conseguirse teniendo agua y dinero en abundancia.

—¿De dónde viene el agua?

—De un manantial que nace de lo más profundo de la montaña. Esa es la *raison d'être* de la Unidad.

Había muchas personas paseando por el jardín, pero poco a poco se fueron retirando.

Los Murchison se excusaron. Iban a asistir a la representación de un ballet.

Quedaba ya muy poca gente. Betterton puso la mano sobre el brazo de Hilary y la condujo hasta un lugar despejado cerca del parapeto. Las estrellas brillaban sobre sus cabezas, y el aire era fresco y estimulante. Estaban solos. Hilary se sentó en un banco y Betterton permaneció de pie.

—Ahora, dime —le dijo en voz baja y alterada—. ¿Quién diablos eres tú?

Ella lo miró un instante sin responder. Antes de contestar a su pregunta, había algo que necesitaba saber:

—¿Por qué me has reconocido como tu esposa?

Se miraron. Ninguno de los dos deseaba ser el primero en hablar. Era un duelo de voluntades, pero Hilary sabía que, por muy fuerte que hubiera sido la de Tom Betterton al dejar Inglaterra, en aquel momento era inferior a la suya. Ella había llegado allí dispuesta a organizar su propia vida. Tom Betterton vivía una existencia planeada. Hilary era la más fuerte.

Al fin, él apartó la vista y susurró de mala gana:

—Ha sido solo un impulso. Probablemente he sido un tonto. He pensado que te habían enviado para sacarme de este lugar.

—Entonces ¿quieres salir de aquí?

—¡Dios mío! ¿Cómo puedes preguntarlo?

—¿Cómo llegaste hasta aquí desde París?

Tom Betterton soltó una risa amarga.

—No me secuestraron ni nada parecido, si eso es lo que piensas. Vine por propia voluntad y lleno de entusiasmo.

—¿Sabías que venías aquí?

—No tenía la menor idea de que venía a África, si

es a eso a lo que te refieres. Me pillaron con el truco habitual: la paz en la Tierra, la libertad de compartir los secretos científicos con todos los hombres de ciencia del mundo, la desaparición del capitalismo y los belicistas, ¡la palabrería de costumbre! Ese individuo, Peters, que ha venido contigo, se ha tragado el mismo anzuelo.

—Y cuando llegaste aquí, ¿descubriste que no era así?

Volvió a oírse su risa amarga.

—Ya lo verás por ti misma. Tal vez sea así, más o menos. Pero no de la manera que uno imagina. No hay libertad. —Se sentó a su lado con el ceño fruncido—. Eso es lo que me hundió en casa. La sensación de que me vigilaban continuamente y las medidas de seguridad. El tener que dar cuenta de todos mis actos, de los amigos que tenía. Todo necesario, tal vez, pero al final termina por hundirte. Y entonces, cuando alguien se presenta con una proposición, lo escuchas. Todo suena muy bonito. —Volvió a reírse—. ¿Y dónde terminas? ¡Aquí!

—¿Quieres decir que estás exactamente en las mismas circunstancias de las que tratabas de escapar? ¿Estás vigilado como antes, del mismo modo, o quizá peor?

Betterton se apartó nervioso un mechón de pelo de la frente.

—No lo sé. Francamente, lo ignoro. No puedo estar seguro. Tal vez sean cosas de mi imaginación. No sé si me vigilan. ¿Por qué habrían de espiarme? ¿Por qué habrían de preocuparse? Aquí me tienen prisionero, en una cárcel.

—¿Y no es eso lo que habías imaginado?

—Eso es lo más extraño de todo. Supongo que, en cierto modo, sí. Las condiciones de trabajo son perfectas. Se tienen todas las facilidades y los aparatos más modernos. Puedo trabajar durante tanto tiempo como quiera, o solo un rato. Disponemos de toda clase de comodidades: alimentos, vestidos, vivienda... Sin embargo, nunca olvidas que estás en una prisión.

—Lo sé. Cuando las puertas se han cerrado, he sentido esa horrible sensación —dijo Hilary con un estremecimiento.

—Bien. —Betterton pareció recobrarse—. Ya he contestado a tu pregunta. Ahora responde a la mía: ¿qué es lo que haces aquí, fingiendo ser Olive?

—Olive... —Se detuvo buscando las palabras.

—Sí. ¿Qué le ha ocurrido a Olive? ¿Qué es lo que intentas decirme?

Ella contempló con tristeza el rostro macilento y nervioso de Thomas.

—He estado temiendo tener que decírtelo.

—¿Es que le ha ocurrido algo?

—Sí. No sabes cuánto lo siento. Tu esposa ha muerto. Venía a reunirse contigo y el avión se estrelló. La llevaron a un hospital, donde murió dos días después.

Él miró a lo lejos, como si no estuviera dispuesto a demostrar emoción alguna.

—¿De modo que ha muerto? —preguntó tranquilamente.

Se hizo un prolongado silencio. Luego Tom se volvió hacia ella.

—Muy bien. Sigamos. Tú has ocupado su puesto y has venido aquí. ¿Por qué?

Esta vez Hilary no estaba dispuesta a responder. Betterton creía que la habían enviado «para sacarlo de allí», pero no era así. Más bien podría decirse que ella era una espía. La habían enviado para conseguir información, no para planear la huida de un hombre que, si estaba en aquella situación, era por su propia voluntad. Además, ella no contaba con ningún medio. Estaba tan prisionera como él.

Confiar en Tom podría resultar peligroso. A Betterton no le faltaba mucho para desmoronarse. En cualquier momento podían fallarle los nervios y, en semejantes circunstancias, sería una locura esperar que guardara un secreto.

—Yo estaba en el hospital con tu esposa cuando falleció. Me ofrecí a ocupar su puesto y tratar de llegar hasta ti. Quiso que te trajera un mensaje a toda costa.

Betterton frunció el ceño.

—Pero seguramente...

Ella se apresuró a continuar antes de que pudiera captar lo endeble que era su historia.

—No es tan absurdo como parece. Comprende. Yo simpatizo con todas estas ideas de las que acabas de hablarme. Compartir los secretos científicos con todas las naciones, un nuevo orden mundial. Sentía entusiasmo por todo esto. Y luego el pelo. Ellos esperaban a una mujer pelirroja aproximadamente de mi edad, así que pensé que lograría pasar por Olive. Me pareció que, de todas maneras, valía la pena intentarlo.

—Sí. —Le miró la cabeza—. Tienes el mismo pelo que Olive.

—Y luego, debes comprender que tu esposa insistió mucho en el mensaje que quería que te transmitiera.

—¡Oh, sí, el mensaje! ¿Qué mensaje?

—Quería advertirte de que tuvieras cuidado, mucho cuidado. De que estabas en peligro y de que no te fiaras de alguien llamado Boris.

—¿Boris? ¿Te refieres a Boris Glydr?

—Sí, ¿lo conoces?

—Nunca lo he visto, pero lo conozco de nombre. Es un pariente de mi primera esposa. Sé quién es.

—¿Por qué es peligroso?

—¡¿Qué?! —exclamó distraído.

Hilary repitió la pregunta.

—¡Oh, eso! —Pareció volver de muy lejos—. No sé por qué yo, en concreto, debería preocuparme de él, pero sí que es cierto que es un individuo peligroso.

—¿En qué sentido?

—Es uno de esos idealistas medio chalados que matarían satisfechos a media humanidad si lo consideraran conveniente.

—Conozco la clase de persona a la que te refieres. —Creía saberlo muy bien—. Pero ¿por qué?

—¿Olive lo había visto? ¿Qué te dijo?

—No sé qué añadir. Esto es todo lo que me dijo. Habló del peligro... ¡Ah, sí, que no podía creerlo!

—¿Creer qué?

—No lo sé. —Vaciló un momento y luego dijo—: Debes comprender que estaba agonizando.

Un espasmo de dolor contrajo el rostro de Betterton.

—Lo sé, lo sé. Ya me iré acostumbrando con el tiempo. Ahora no puedo creerlo. Pero me intriga lo de Boris. ¿Cómo podría ser peligroso para mí, aquí? Supongo que si vio a Olive debía de estar en Londres.

—Sí, estaba en Londres.

—Entonces, sencillamente, no lo entiendo. Oh, bueno, ¿qué importa? ¿Qué diablos importa nada? Aquí estamos, hundidos en este maldito lugar y rodeados de un montón de autómatas.

—Sí, a mí también me lo parecen.

—Y no podemos salir. —Dejó caer el puño, crispado, sobre el banco—. No podemos salir.

—¡Oh, sí podemos! —respondió Hilary.

Él la miró, sorprendido.

—¿Qué diablos quieres decir?

—Encontraremos la forma —insistió, confiada.

—Mi querida amiga —se rio él con sarcasmo—, ¡no tienes la menor idea de qué es este lugar!

—La gente escapó de los sitios más inverosímiles durante la guerra. Cavando túneles, o lo que fuera.

—¿Cómo se puede cavar un túnel en la roca viva? ¿Y en qué dirección? Estamos en medio del desierto.

—Entonces tendrá que ser «lo que fuera».

Tom la miró. Ella sonreía con una confianza más voluntariosa que auténtica.

—¡Eres una criatura extraordinaria! ¡Pareces muy segura de ti misma!

—Siempre hay un medio. Supongo que requerirá tiempo y mucho cálculo.

—Tiempo. —El rostro de Tom volvió a ensombrecerse—. Eso es justo lo que yo no tengo.

—¿Por qué?

—No sé si serás capaz de comprenderlo. La verdad es que no puedo trabajar aquí.

—¿Qué quieres decir? —Hilary frunció el ceño.

—¿Cómo explicártelo? No puedo trabajar. No puedo pensar. En mi trabajo hay que concentrarse muchísimo. En parte es creativo. Desde que he llegado aquí, he perdido el estímulo. Todo lo que puedo hacer son cosas rutinarias que haría cualquier científico de tres al cuarto, pero no me trajeron aquí para eso. Ellos quieren algo original, pero yo no me veo capaz. Cuanto más nervioso me pongo, más miedo tengo y en peores condiciones estoy para hacer nada que valga la pena. Y eso me va a volver loco, ¿comprendes?

Sí, ahora lo comprendía. Recordó los comentarios del doctor Rubec acerca de las *prime donne* y de los científicos.

—Si yo no hago nada de provecho, ¿para qué sirvo en una organización como esta? Me liquidarán.

—¡Oh, no!

—¡Claro que sí! Aquí no hay sentimentalismos. Lo que me ha salvado hasta ahora es el asunto de la cirugía estética. Lo hacen poco a poco. Y es lógico que un individuo que sufre constantes operaciones no pueda concentrarse. Pero ahora ya han terminado.

—Pero ¿por qué lo han hecho? ¿Con qué objeto?

—Oh, por seguridad. Me refiero a mi seguridad personal. Se hace si eres un hombre «buscado».

—Entonces ¿eres un hombre «buscado»?

—Sí, ¿no lo sabías? ¡Oh, supongo que no lo publicaron en los periódicos! Quizá ni siquiera Olive lo sabía. Pero me buscan, desde luego.

—¿Quieres decir por traición? ¿Es que les has vendido secretos atómicos?

Él evitó su mirada.

—No les he vendido nada. Les conté todo lo que sabía de nuestros procedimientos sin recibir nada a cambio. No sé si podrás creerme, pero deseaba hacerlo. Reunir todos los conocimientos científicos, formar parte de este tinglado. Me comprendes, ¿no?

Lo comprendía perfectamente. También comprendía a Andy Peters. Incluso veía a Ericsson, con sus ojos de fanático soñador, traicionando alegremente a su patria. No obstante, le costaba imaginar a Tom Betterton haciendo una cosa semejante, y comprendió asustada que era por la diferencia que existía entre el Betterton que había llegado unos meses atrás, pletórico de entusiasmo, y el de ahora, nervioso, fracasado, deshecho, un hombre terriblemente asustado.

Y, mientras ella consideraba la lógica de tales pensamientos, Betterton miró nervioso a su alrededor.

—Todos han bajado —dijo—. Será mejor que...

Hilary se puso en pie.

—Sí. Pero no te preocupes. A todos les parecerá natural, dadas las circunstancias.

—Tendremos que seguir adelante con la farsa.

Quiero decir que tendrás que seguir siendo mi esposa —dijo con voz ronca.

—Desde luego.

—Pero no te preocupes. No debes temer nada. Yo dormiré en la salita. —Tragó saliva avergonzado.

«¡Qué guapo es! —pensó Hilary, contemplando su perfil—. ¡Y qué poco me atrae!»

—No creo que debamos preocuparnos por eso —contestó alegremente—. Lo importante es salir de aquí con vida.

Capítulo 14

En una habitación del hotel Mamounia, de Marrakech, Jessop hablaba con la señorita Hetherington, una señorita Hetherington muy distinta de la que Hilary había conocido en Casablanca y en Fez. La misma apariencia, el mismo vestido, el mismo deprimente peinado, pero con otra actitud. Ahora era una mujer enérgica y competente que parecía mucho más joven. Con ellos también estaba un hombre moreno y robusto, de mirada inteligente. Tamborileaba sobre la mesa, tarareando por lo bajo una cancioncilla francesa.

—... Y que usted sepa —decía Jessop—, esas son las únicas personas con las que habló en Fez.

Janet Hetherington asintió.

—Esa mujer llamada Calvin Baker, a quien ya habíamos conocido en Casablanca. Confieso que no he conseguido formarme una opinión de ella. Hizo todo lo posible para caernos bien a Olive Betterton y a mí. Pero las norteamericanas son así, les gusta entablar conversación con los demás turistas en los hoteles y acompañarlos en sus viajes.

—Sí —confirmó Jessop—. Todo es demasiado evidente para lo que buscamos.

—Y, además —prosiguió Janet Hetherington—, ella también iba en ese avión.

—Usted da por hecho que el accidente fue premeditado —dijo Jessop, mirando de soslayo al hombre moreno y cuadrado—. Y usted, Leblanc, ¿qué opina?

El tipo dejó de tabalear con los dedos por unos momentos e interrumpió la tonadilla.

—*Ça se peut*. Pudo tratarse de un sabotaje, y por eso se estrelló. Nunca lo sabremos. El aparato se incendió al caer a tierra; todos los que iban a bordo perdieron la vida.

—¿Qué sabe del piloto?

—¿Alcadi? Joven y bastante competente. Nada más, y que le pagaban muy mal. —Eso último lo añadió después de una breve pausa.

—Por lo tanto, dispuesto a aceptar otro empleo, pero no un candidato al suicidio —comentó Jessop.

—Se encontraron siete cadáveres —continuó Leblanc—. Carbonizados, irreconocibles, pero siete cadáveres. No podemos olvidarnos de eso.

Jessop se volvió hacia Janet Hetherington.

—¿Qué estábamos diciendo? —le preguntó.

—En Fez había una familia francesa con la que la señora Betterton intercambió algunas palabras, y un hombre de negocios suizo muy rico con una muchacha muy atractiva, y el magnate del petróleo, *monsieur* Aristides.

—¡Ah, sí, ese personaje fabuloso! —exclamó Leblanc—. Me he preguntado a menudo: ¿qué debe de sentir uno al tener tanto dinero? Yo me lo gastaría en las carreras, en mujeres y en todas las cosas que ofrece el mundo, pero el viejo Aristides se encierra en el castillo que tiene en España; desde luego, lo tiene, *mon cher*, y colecciona, dicen, porcelana china. Pero hay que tomar en consideración —agregó— que ha cumplido los setenta, y es posible que a esa edad lo único que le interese ya sea la porcelana china.

—Según los chinos —replicó Jessop—, entre los sesenta y los setenta años es cuando más intensamente se vive y cuando uno es capaz de apreciar la belleza y los placeres de la vida.

—*Pas moi!* —exclamó Leblanc.

—En Fez había también algunos alemanes —continuó Janet Hetherington—, pero, que yo sepa, no cruzaron palabra alguna con Olive Betterton.

—Tal vez un camarero o un criado —dijo Jessop.

—Eso siempre es posible.

—¿Y dice que fue sola a la ciudad antigua?

—Fue con uno de los guías oficiales. Alguien pudo ponerse en contacto con ella durante la excursión.

—De todas formas, la decisión de ir a Marrakech fue muy repentina.

—No tanto —lo corrigió Janet—. Ya tenía hechas las reservas.

—Es cierto. Lo que quería decir es que la señora

Calvin Baker se decidió de repente a acompañarla. —Jessop se levantó y echó a andar arriba y abajo—. Voló a Marrakech, el avión se estrelló y fue pasto de las llamas. Parece que las personas llamadas Olive Betterton tienen una maldición con lo de viajar por aire. Primero el accidente de Casablanca, y luego este otro. ¿Fue un accidente o lo provocaron? Si había personas que deseaban librarse de Olive Betterton, podrían haber encontrado medios más sencillos que estrellar un avión, digo yo.

—Nunca se sabe —replicó Leblanc—. Compréndame, *mon cher*: cuando se llega a ese estado de ánimo en el que las vidas humanas no cuentan, es más fácil poner un explosivo debajo del asiento de un avión que aguardar en una esquina una noche oscura y clavarle un cuchillo por la espalda. Así que se deja el paquete y el hecho de que mueran otras seis personas ni siquiera se toma en consideración.

—Sé que estoy en minoría —dijo Jessop—, pero todavía sigo pensando que existe una tercera posibilidad: que simularan el accidente.

Leblanc lo miró con interés.

—Sí, eso pudo hacerse. Quizá aterrizaron y luego prendieron fuego al avión. Pero no podemos apartarnos del hecho, *mon cher* Jessop, de que había personas a bordo. Y los cuerpos carbonizados estaban allí.

—Lo sé —contestó Jessop—. Ese es el obstáculo. Oh, no dudo de que mis ideas son fantásticas, pero es un fin demasiado perfecto para nuestra cacería. Demasiado, eso es lo que yo siento. Significa que se acabó. Escribir «DEP» en el margen de nuestro informe y darlo por terminado. Ya no tenemos rastro alguno que seguir. —Se volvió hacia Leblanc—. ¿Están rastreando la zona?

—Desde hace dos días —contestó el aludido—. Hombres expertos. Claro que el lugar donde se estrelló el avión es un punto particularmente aislado. Por cierto, se había desviado de su ruta.

—Lo cual es significativo —intervino Jessop.

—Se está investigando a fondo: todos los pueblos cercanos, señales de ruedas en los alrededores, viviendas, todo. En este país, tanto como en el suyo, comprendemos la importancia de la investigación. También Francia ha perdido a alguno de sus jóvenes científicos. En mi opinión, *mon cher*, es más fácil controlar a los temperamentales cantantes de ópera que a los científicos. Estos jóvenes son geniales, excéntricos rebeldes, y lo más peligroso es que son de lo más crédulos. ¿Qué es lo que imaginan que ocurre *là-bas*? ¿Cosas hermosas, luz, el deseo de descubrir la verdad o el secreto de la longevidad? ¡Cielos, qué desilusión les espera, pobrecillos!

—Repasemos de nuevo la lista de pasajeros —propuso Jessop.

El francés alargó la mano para coger un papel de una bandeja y tendérselo a su colega. Los dos hombres repasaron juntos el contenido.

—Señora Calvin Baker, estadounidense; señora Betterton, inglesa; Torquil Ericsson, noruego. A propósito, ¿qué se sabe de él?

—Nada que llame la atención —afirmó Leblanc—.

Era joven, no tendría más de veintisiete o veintiocho años.

—Me suena ese nombre —dijo Jessop con el ceño fruncido—. Creo..., estoy casi seguro de que dio una conferencia en la Royal Society.

—Luego está la *religieuse* —continuó Leblanc, volviendo a la lista—. La hermana Marie no-sé-qué. Andrew Peters, también de Estados Unidos. El doctor Barron. Era muy conocido *le docteur* Barron. Un hombre eminente, experto en enfermedades infecciosas.

—Guerra biológica —señaló Jessop—. Concuerda. Todo concuerda.

—Un hombre mal pagado y descontento —observó el francés.

—«¿Cuántos fueron a Saint-Ives?» —murmuró Jessop.

Leblanc le dirigió una rápida mirada de incomprensión y el otro se disculpó.

—Es una antigua canción infantil. En lugar de Saint-Ives ponga un interrogante. Quiere decir «a ninguna parte».

Sonó el teléfono y Leblanc lo atendió.

—*Allô? Qu'est-ce qu'il y a?* Ah, sí, hágalo subir. —Miró a Jessop con el rostro súbitamente animado—. Era uno de mis hombres: parece ser que han descubierto algo. *Mon cher collègue*, es posible, y no digo más, que su optimismo esté justificado.

Al cabo de un instante, dos hombres entraron en la estancia. El primero tenía un aire a Leblanc. La misma complexión maciza, moreno e inteligente. Sus ademanes eran respetuosos, pero se notaba su satisfacción. Vestía a la europea, aunque sus ropas estaban muy manchadas y cubiertas de polvo. Evidentemente acababa de llegar de viaje. Le acompañaba un nativo con el típico vestido blanco que mostraba la digna compostura de aquellos que viven en lugares remotos. Sus maneras eran corteses, aunque no serviles. Miraba a su alrededor con algo de asombro mientras el otro hablaba rápidamente en francés.

—Se ha ofrecido una recompensa —explicó—, y este tipo, su familia y muchos de sus amigos han estado buscando diligentemente. Lo he traído para que él mismo le entregue lo que ha encontrado y por si quiere hacerle alguna pregunta.

Leblanc miró al bereber.

—Ha hecho un buen trabajo —dijo empleando el lenguaje indígena—. Tiene los ojos de un halcón. Muéstrenos su descubrimiento.

De un pliegue de la blanca túnica sacó un objeto diminuto y lo dejó sobre la mesa. Era una perla sintética bastante grande, de un gris rosáceo.

—Es como la que me enseñaron a mí y a los otros —dijo—. Tiene valor, y yo la he encontrado.

Jessop alargó la mano y cogió la perla. De su bolsillo sacó otra exactamente igual para examinarlas las dos a la vez. Luego se acercó a la ventana y las observó con una lupa.

—Sí, la marca está aquí. —Su voz vibró de excitación mientras volvía a la mesa—. Buena chica —dijo—, buena chica. ¡Lo hizo!

Leblanc estaba interrogando al bereber en árabe. Cuando acabó, se volvió hacia Jessop.

—Le presento mis disculpas, *mon cher collègue*. Encontraron esta perla a casi un kilómetro del aparato.

—Y eso demuestra —señaló Jessop— que Olive Betterton sobrevivió al accidente. A pesar de que se encontraron siete cadáveres carbonizados, el suyo no era uno de ellos.

—Ahora extenderemos la búsqueda —dijo Leblanc. Volvió a dirigirse al bereber, que sonrió contento y abandonó la habitación con el hombre que lo había acompañado—. Será recompensado como se le prometió. Ahora buscarán por todas partes esas perlas. Esta gente tiene ojos de halcón, y la noticia de que pueden ganar un buen dinero como recompensa correrá como un reguero de pólvora. ¡Creo, *mon cher collègue*, que obtendremos resultados! Confiemos en que no hayan adivinado lo que ella estaba haciendo.

Jessop negó con la cabeza.

—Era algo muy natural. Se rompe el collar, se recogen las perlas que se han caído y se guardan en un bolsillo, que tiene un pequeño agujero. Además, ¿por qué iban a sospechar de ella? Es Olive Betterton, una mujer que estaba ansiosa por reunirse con su marido.

—Debemos revisar el asunto bajo este nuevo prisma. —Leblanc le pasó la lista de pasajeros—. Olive Betterton y el doctor Barron. Dos por lo menos que iban adonde tenían que ir. La norteamericana, la señora Calvin Baker... Respecto a ella, mantendremos una actitud abierta. Dice usted que Torquil Ericsson dio una conferencia ante la Royal Society. Peters, el norteamericano, según su pasaporte, era químico investigador. La *religieuse*..., bueno, podría ser un buen disfraz. En resumen, una serie de personas traídas desde distintos puntos para que viajaran en el mismo aparato justo ese día. Y luego se descubre que el avión ha sido pasto de las llamas y en su interior aparece un conveniente número de cadáveres carbonizados. Y yo me pregunto: ¿cómo pudieron hacerlo? *Enfin, c'est colossal!*

—Sí —dijo Jessop—. El último toque convincente. Pero ahora sabemos que seis o siete personas emprendieron un nuevo viaje, y sabemos cuál fue su punto de partida. ¿Qué haremos ahora? ¿Visitar el lugar?

—Exacto —confirmó Leblanc—. Montaremos nuestro cuartel general en la vanguardia. Si no me equivoco, ahora que estamos sobre la pista surgirán nuevas pruebas.

—Si nuestros cálculos son exactos —concluyó Jessop—, deberíamos obtener resultados.

Los cálculos fueron muchos y diversos. La velocidad promedio de un coche, las paradas para repostar gasolina, los pueblos donde los viajeros pudieron pasar la noche. Las pistas eran muchas y confusas, y las desilusiones, constantes, pero de vez en cuando se obtenía un resultado positivo.

—*Voilà, mon capitaine!* Una búsqueda en las letrinas, como usted ordenó. En un rincón oscuro de la letrina de la casa de un tal Abdul Mohamed se ha encontrado una perla incrustada en un pedazo de goma de mascar. Los han interrogado tanto a él como a sus hijos. Al principio lo han negado, pero al final han tenido que confesar. Seis personas que dijeron ser de una expedición arqueológica alemana llegaron en una camioneta y pasaron la noche en su casa. Les pagaron mucho dinero a cambio de que lo mantuvieran en secreto, con la excusa de que pensaban realizar algunas excavaciones ilícitas. Unos niños del pueblo de El Kaif también trajeron otras dos perlas. Ahora sabemos la dirección. Y aún hay más, *monsieur le capitaine*: se vio la mano de Fátima, como usted predijo. Este tipo se lo dirá.

El «tipo» en cuestión era un bereber de aspecto salvaje.

—Estaba con mi rebaño por la noche y oí un coche. Cuando pasó junto a mí, vi la mano de Fátima recortada en uno de sus costados. Resplandecía en la oscuridad.

—La aplicación del fósforo en un guante puede resultar muy eficaz —murmuró Leblanc—. Le felicito por la idea, *mon cher*.

—Es efectiva, pero peligrosa —contestó Jessop—. Quiero decir que también los demás fugitivos podrían haberla visto.

Leblanc se encogió de hombros.

—No podía verse a plena luz del día.

—No, pero si se hubieran detenido y apeado del coche en la oscuridad...

—Incluso en ese caso. Es una superstición árabe muy conocida. Suelen pintarla en los carros y en los vagones. Solo hubiesen pensado que un piadoso musulmán la había pintado con pintura fosforescente en su vehículo.

—Es cierto, pero debemos estar prevenidos. Si nuestros enemigos lo notaron, es muy posible que nos proporcionen pistas falsas.

—Ah, bueno, en cuanto a esto, estoy de acuerdo con usted. Debemos estar ojo avizor. Siempre, siempre alerta.

La mañana siguiente, Leblanc recibió otras tres perlas falsas dispuestas en forma de triángulo en un pedazo de goma de mascar.

—Esto significa —dijo Jessop— que la siguiente etapa del viaje fue por aire.

Interrogó a Leblanc con la mirada.

—Está usted en lo cierto —replicó el otro—. Encontramos esto en un aeródromo militar abandonado en un lugar solitario y remoto. Había señales recientes del aterrizaje y el despegue de un avión. —Se encogió de hombros—. Un avión desconocido que, una vez más, partió con un rumbo que desconocemos. Esto nos deja de nuevo en un punto muerto y sin saber dónde recuperar el rastro.

Capítulo 15

«Es increíble —pensó Hilary—. Es de veras increíble que lleve aquí diez días.» Lo más preocupante, pensaba, era ver con qué facilidad se acostumbraba una a todo. Recordó que en una ocasión, en Francia, había visto un peculiar instrumento de tortura de la Edad Media: una jaula de hierro en la que el prisionero no podía tenderse, estar de pie ni sentarse. El guía les contó que el último hombre encerrado en la jaula había vivido en ella dieciocho años, y, luego, cuando lo sacaron, vivió otros veinte más hasta que murió, ya anciano.

Esta adaptabilidad era lo que diferenciaba al hombre de los animales.

El hombre puede vivir en cualquier clima, comiendo de todo y en las condiciones que sean. Puede sobrevivir libre o en cautiverio. Al llegar a la Unidad, Hilary sintió un pánico ciego, tuvo una horrible sensación de encierro y frustración, y el hecho de que aquella cárcel estuviera camuflada con toda clase de lujos la hacía aún más temible. No obstante, después de tan solo una semana, ya había comenzado a aceptar aquellas condiciones de vida como naturales. Era una existencia extraña. Nada parecía del todo real, y sentía que aquel sueño hacía ya bastante tiempo que duraba y que seguiría durando algún tiempo más. Quizá para siempre. Viviría siempre allí, en la Unidad. Aquello era la vida y no había nada más en el exterior.

Esta peligrosa adaptación, pensó, se debía en parte a su condición de mujer. Las mujeres saben adaptarse por naturaleza; es su fortaleza y su debilidad: examinan el entorno, lo aceptan y, como son realistas, procuran sacarle el mayor provecho posible.

Lo que más interesaba a la joven eran las reacciones de las personas que habían llegado allí con ella. A Helga Needheim apenas la veía, como no fuera a la hora de las comidas. Cuando se encontraban, la alemana le dedicaba una inclinación de cabeza, pero nada más. Por lo que podía ver, Helga era feliz y estaba satisfecha. Evidentemente, la Unidad respondía a sus expectativas. Pertenecía al tipo de mujer absorta en su trabajo y que se apoya en su natural arrogancia. Su superioridad y la de sus compañeros científicos era el primer artículo en el credo de Helga Needheim. No creía en la paz mundial ni en la hermandad de los hombres ni en la libertad de mente y espíritu. Para ella, el futuro se reducía a la conquista. La raza superior, de la que ella era miembro, gobernaría al resto del mundo, constituido por esclavos que, de portarse bien, serían tratados con condescendencia. A Helga no le importaba que los puntos de vista de sus compañeros de trabajo fuesen distintos, que sus ideas fuesen comunistas más que fascistas. Si hacían bien su trabajo, eran necesarios, y sus ideas ya cambiarían.

El doctor Barron era más inteligente que Helga Needheim. A veces, Hilary sostenía alguna breve conversación con el francés. Estaba absorto en su trabajo y plenamente satisfecho de las condiciones para realizarlo, pero su mentalidad gala le impulsaba a investigar y a analizar el medio en que se encontraba.

—No era lo que yo esperaba. No, francamente —dijo un día—. *Entre nous*, señora Betterton, no me gustan las cárceles, y esto es una verdadera cárcel, por muy de oro que sea.

—¿No encuentra la libertad que buscaba? —le preguntó Hilary.

—No, se equivoca —respondió sonriendo—. Yo no buscaba la libertad. Soy un hombre civilizado, y los hombres civilizados sabemos que no existe semejante cosa. Solo las naciones más jóvenes e inexpertas ponen la palabra *libertad* en su estandarte. Siempre debe haber un muro de seguridad. Y la esencia de la civilización es que el estilo de vida sea moderado. El término medio. Siempre se vuelve al término medio. Seré franco con usted: yo vine aquí por dinero.

Hilary le devolvió la sonrisa enarcando una ceja.

—¿Y de qué le sirve el dinero en este lugar?

—Paga los equipos de laboratorio más caros —replicó el doctor Barron—. No estoy obligado a ponerlo de mi bolsillo y, de este modo, puedo servir a la ciencia y satisfacer mi propia curiosidad intelectual.

»Soy un hombre de veras entregado a su trabajo, pero no por amor a la humanidad. En general, he descubierto que los que van de benefactores son bastante tontos y, a menudo, incompetentes. No, lo que yo aprecio es el puro goce intelectual de la investigación. En cuanto al resto, antes de salir de Francia me pagaron una enorme suma de dinero. La ingresé en un banco bajo otro nombre y, a su debido tiempo, cuando todo esto termine, podré gastarlo como mejor me plazca.

—¿Cuando todo esto termine? —repitió Hilary—. Pero ¿por qué ha de terminar?

—Sentido común —repuso el doctor Barron—. No hay nada permanente. He llegado a la conclusión de que este lugar está dirigido por un loco. Permítame que le diga que un loco puede actuar con mucha lógica. Si uno es rico, lógico y al mismo tiempo está loco, puede tener éxito durante muchísimo tiempo. Pero al final —se encogió de hombros—, al final fracasará. Porque lo que ocurre aquí no es razonable. Y todo lo que no lo es al cabo siempre sufre las consecuencias. Entretanto —volvió a encogerse de hombros—, me viene de perlas.

Torquil Ericsson, a quien Hilary suponía terriblemente desilusionado, parecía encontrarse muy a gusto en el ambiente de la Unidad. Menos práctico que el francés, vivía su propia ilusión. Su mundo era tan extraño que Hilary no lo comprendía. Estaba imbuido de una especie de austera felicidad, inmerso en los cálculos matemáticos y en una interminable lista de posibilidades. La extraña y despiadada rudeza de su carácter asustaba a la joven. Lo consideraba uno de esos seres que, en un rapto de idealismo, enviaría a la muerte a tres cuartas partes de la humanidad para que la cuarta parte restante pudiera participar de una utopía impracticable, algo que solo existiera en su imaginación.

Con Andy Peters, el norteamericano, Hilary estaba más de acuerdo. Quizá porque, aun siendo un hombre de talento, Peters no era un genio. Por lo que oía decir a los demás, había deducido que era un químico de primera, hábil y cuidadoso, pero no un pionero. Peters, al igual que ella, enseguida odió y temió el ambiente de la Unidad.

—La verdad es que no sabía lo que me esperaba. Creí saberlo, pero me equivocaba. El Partido no tiene nada que ver con este lugar. No estamos en contacto con Moscú. Esto es un montaje solitario, tal vez fascista.

—¿No cree que es demasiado aficionado a poner etiquetas? —le contestó Hilary.

Él reflexionó unos instantes.

—Tal vez tenga razón. Pensándolo bien, esas palabras no significan gran cosa. Pero sí sé algo: quiero salir de aquí, y saldré.

—No será fácil —replicó Hilary en voz baja.

Estaban paseando cerca de las cantarinas fuentes de la terraza-jardín, después de la cena. La oscuridad y la luz de las estrellas creaban la sensación de que se encontraban en los jardines del palacio de algún sultán. Los funcionales edificios de cemento quedaban ocultos a la vista.

—No, no será sencillo, pero no hay nada imposible.

—¡Me gusta oírle decir eso! —exclamó Hilary—. ¡Oh, cómo me gusta!

Él la miró comprendiendo sus palabras.

—¿A usted también le desanima? —preguntó.

—Muchísimo. Pero no es eso lo que temo en realidad.

—¿No? ¿Qué es, entonces?

—Lo que temo es llegar a acostumbrarme.

—Sí —dijo Peters, pensativo—. Sí, sé a lo que se refiere. Aquí hay una especie de «sugestión de masas». Creo que tal vez tenga razón.

—Me parecería mucho más natural que la gente se rebelara.

—Sí, sí, yo he pensado lo mismo. Lo cierto es que me he preguntado más de una vez si no habrá algún truco.

—¿Truco? ¿Qué quiere decir?

—Bueno, como si nos dieran alguna droga.

Sí. Pudiera ser. Algo en la comida o en la bebida que los indujera a..., ¿cómo decirlo...?, a la docilidad.

—¿Existe una droga semejante?

—No es mi especialidad, pero hay cosas que sirven para calmar a la gente, para sedarla antes de una operación. Ignoro si existe algo que pueda administrarse durante un largo periodo y que, al mismo tiempo, no disminuya el rendimiento de las personas. Me inclino a creer que producen ese efecto en nosotros a través de nuestra propia mente. Me refiero a que algunos de estos organizadores y administradores están muy versados en hipnosis, psicología y demás, y que, sin que nos demos cuenta, continuamente nos ofrecen sugestiones sobre nuestro bienestar, sobre el hecho de que estamos consiguiendo el objetivo final (el que sea), y todo esto produce un efecto definitivo. Si se sabe cómo hacerlo, se pueden conseguir muchas cosas por ese camino.

—Pero ¡nosotros no debemos someternos! —exclamó Hilary, acalorada—. No hemos de pensar ni por un momento que es bueno estar aquí.

—¿Qué opina su marido?

—¿Tom? No lo sé. Es tan difícil. Yo... —No pudo seguir.

No podía contarle cómo eran las cosas en realidad. Durante diez días había vivido muy cerca de un hombre que era un extraño para ella.

Compartían el dormitorio; si se despertaba por la noche, oía su respiración en la otra cama. Ambos habían aceptado el arreglo como inevitable, pero, si bien ella era una impostora, una espía, dispuesta a representar cualquier papel y asumir la personalidad que fuera, no entendía los motivos de Tom Betterton.

Lo consideraba un terrible ejemplo de lo que podía ocurrirle a un joven y brillante científico después de vivir varios meses en la enervante atmósfera de la Unidad. De todas formas, él no aceptaba con calma su destino. Lejos de encontrar placer en su trabajo, se preocupaba cada vez más por la falta de concentración. De vez en cuando, le repetía lo que le había dicho la noche que había llegado: «No puedo pensar. Es como si me hubieran secado el cerebro».

Tom Betterton, siendo como era un verdadero genio, necesitaba más que nadie ser libre. La sugestión no habría podido hacer nada con él. Solo disfrutando de plena libertad podía crear.

Y ahora estaba a un paso de caer en una fuerte depresión.

A la propia Hilary la trataba con extraña desatención. Para él no era una mujer, ni siquiera una amiga. Incluso dudaba de que hubiera sentido la muerte de su esposa. Lo único que le preocupaba de verdad era el problema de su reclusión.

«Tengo que salir de aquí», repetía una y otra vez. Y, en otras ocasiones: «No lo sabía. No tenía ni idea de que fuera así. ¿Cómo voy a salir de aquí? ¿Cómo? Debo conseguirlo. Debo conseguirlo».

En el fondo era muy parecido a lo que decía Peters, pero el modo de expresarlo era distinto. Peters hablaba como un hombre joven, furioso, enérgico, desilusionado, seguro de sí mismo y resuelto a poner toda su inteligencia en contra de aquella organización. Por su parte, las expresiones de rebeldía de Tom Betterton eran las de un hombre a punto de hundirse, un hombre casi enloquecido, obsesionado por escapar. Aunque, tal vez, pensó Hilary de pronto, así estarían ella y Peters al cabo de seis meses. Quizá lo que comenzó siendo una sana rebeldía y una razonable confianza en el propio ingenio había terminado convirtiéndose en la frenética desesperación de un gato enjaulado.

Deseó poder hablar de todo aquello con su acompañante. Si pudiera decirle: «Tom Betterton no es mi marido. No sé nada de él. No sé cómo era antes de venir aquí, de modo que voy a ciegas. No puedo ayudarle, porque no sé qué hacer ni qué decirle». En cambio, tuvo que escoger cuidadosamente sus palabras:

—Ahora Tom me parece un extraño. No me cuenta nada. Algunas veces pienso que el confinamiento, la sensación de saberse encerrado, lo está volviendo loco.

—Es posible —afirmó Peters.

—Pero, dígame, usted parece muy confiado en que puede escapar. ¿Cómo está tan seguro? ¿Qué opciones tenemos?

—No quiero decir que podamos marcharnos pasado mañana, Olive. Hay que pensarlo y planearlo muy bien. Pero no olvide que la gente se ha escapado de los lugares más inverosímiles. Muchos de los nuestros, y también de los suyos, han escrito libros acerca de sus fugas de las fortalezas alemanas.

—Aquello era otra cosa.

—No en lo esencial. Donde hay una entrada siempre existe una salida, claro que aquí queda descartado excavar un túnel. Pero, como le digo, donde hay una entrada, tiene que haber una salida. Con ingenio, disimulo, engaño y sobornos, deberíamos poder conseguirlo. Es algo que hay que estudiar y pensar. Le diré una cosa: yo saldré de aquí, se lo aseguro.

—Le creo —contestó Hilary—, pero ¿y yo?

—Bueno, para usted es distinto.

Su voz sonó avergonzada. Por un momento, Hilary no comprendió lo que quería decirle. Luego se dio cuenta de que se refería a que ella ya había alcanzado su objetivo. Había ido allí para reunirse con el hombre al que amaba; así pues, si estaba al lado de su marido, sería normal que sus deseos de escapar no fueran tan acuciantes. Estuvo tentada de decirle a Peters toda la verdad, pero su instinto la contuvo.

Le dio las buenas noches y abandonó la terraza.

Capítulo 16

I

—Buenas noches, señora Betterton.
—Buenas noches, señorita Jennson.

La joven con gafas parecía muy excitada y le brillaban los ojos.

—Esta noche tendremos reunión. ¡El director en persona nos dirigirá unas palabras! —Su tono era casi reverencial.

—¡Estupendo! —exclamó Andy Peters, que no andaba muy lejos—. Estaba esperando la ocasión de echarle una ojeada al director.

La señorita Jennson le lanzó una mirada de censura.

—El director es un hombre maravilloso —aseguró.

Mientras desaparecía por uno de los inevitables pasillos blancos, Andy Peters silbó por lo bajo.

—No sé por qué, pero me huele un poco a Heil Hitler.
—Desde luego, lo parece.
—Lo malo es que en esta vida nunca sabes realmente

adónde irás a parar. Si cuando dejé Estados Unidos, rebosante de ardor juvenil por el ideal de la vieja hermandad de los hombres, hubiese sabido que acabaría en las garras de otro dictador iluminado... —Levantó las manos.

—Todavía no lo sabe —le recordó Hilary.

—Puedo olerlo en el aire.

—¡Cuánto me alegro de que esté usted aquí! —Enrojeció al ver cómo la miraba—. Es tan agradable y vulgar —añadió, atolondrada.

Peters parecía divertido.

—En mi país, la palabra *vulgar* tiene otro significado que en el suyo. Quiere decir «despreciable».

—Sabe que no he querido decir eso; me refería a que es usted como cualquier otro. ¡Oh, Dios mío, eso también suena muy mal!

—¿Se refiere a que soy un hombre corriente? ¿Está harta de genios?

—Sí, y usted también ha cambiado desde que llegó aquí. Ha perdido ese toque de amargura y odio.

De repente, el rostro de Peters adquirió cierto matiz de gravedad.

—No lo crea. Sigue aquí, en mi interior. Todavía puedo odiar.

—Créame, hay cosas que deben odiarse.

II

La reunión, como la llamaba la señorita Jennson, tuvo lugar después de la cena. Todos los miembros de la Unidad se congregaron en la gran sala de conferencias.

Entre los asistentes no estaba ningún miembro de lo que podría llamarse «el personal técnico»: los ayudantes de laboratorio, el cuerpo de ballet, el personal de servicio y el pequeño grupo de elegantes prostitutas que también servían en la Unidad para atender las necesidades sexuales de los hombres solteros, y que no tenían una relación especial con las demás mujeres.

Sentada junto a Betterton, Hilary aguardó con curiosidad la llegada de la figura casi mítica del director. Tom Betterton había respondido vagamente a sus preguntas acerca de la personalidad del hombre que controlaba la Unidad.

«No es que sea gran cosa —le había dicho—, pero produce una tremenda impresión. Solo lo he visto un par de veces. No viene muy a menudo. Uno nota que es muy especial, pero no me preguntes por qué.»

Por cómo la señorita Jennson y algunas otras mujeres hablaban de él, Hilary se había formado una imagen mental de un hombre alto, con barba y túnica blanca, una especie de abstracción divina.

Casi se sobresaltó cuando la gente se puso en pie ante el hombre moreno, fornido, de mediana edad que se subió a la tarima. Tenía la misma apariencia que cualquier hombre de negocios. No era fácil determinar su nacionalidad. Les habló en tres idiomas, alternándolos y sin repetirse: francés, alemán e inglés; todos con la misma facilidad.

—En primer lugar, permítanme dar la bienvenida a los nuevos colegas que se han unido a nosotros.

Luego dedicó algunas palabras de elogio a cada uno de los recién llegados.

Después se refirió a las ambiciones y creencias de la Unidad.

Cuando, más tarde, Hilary trató de recordar sus palabras, fue incapaz de hacerlo con exactitud. Quizá lo que ocurría era que, al recordarlas, resultaban triviales y vulgares. Pero escucharlas había sido algo bien distinto.

Hilary recordó que una amiga que había vivido en Alemania antes de la guerra le había contado que, impulsada por la curiosidad de oír «a aquel tipo absurdo llamado Hitler», había ido a uno de sus mítines y había llorado histéricamente, sobrecogida por una intensa emoción. Le describió lo sabias e inspiradas que le habían parecido cada una de sus palabras; sin embargo, luego, al recordarlas, le parecieron bastante vulgares.

Algo por el estilo estaba ocurriendo en aquel momento. A pesar suyo, Hilary se sentía exaltada. El director hablaba con sencillez, principalmente de la juventud. En la juventud estaba el futuro de la humanidad.

—La acumulación de riquezas, el prestigio y las familias influyentes han sido los poderes del pasado. Pero, hoy en día, el poder está en manos de la juventud. El poder está en los cerebros. En los cerebros de los químicos, los físicos, los científicos. De los laboratorios sale el poder para destruir a gran escala.

»Con este poder se puede decir: ¡rendíos o pereceréis! Este poder no puede entregarse a esta o aquella nación. El poder debe estar en manos de los que lo crearon. Esta Unidad es el punto de convergencia de todo el poder del mundo.

»Habéis venido aquí de todas las partes del globo, trayendo con vosotros vuestros conocimientos científicos y creativos. ¡Y con vosotros traéis también la juventud! Ninguno de los que estáis aquí pasa de los cuarenta y cinco años. Cuando llegue el momento, crearemos un fideicomiso. El Fideicomiso de los Cerebros de la Ciencia. Y dirigiremos los asuntos mundiales. Daremos órdenes a los capitalistas, a los reyes, a los ejércitos y a los empresarios. Proporcionaremos al mundo la *pax scientifica*.

Sus palabras tenían un efecto embriagador; sin embargo, no era el mensaje sino el poder del orador lo que arrastraba a un público que habría sido frío y escéptico de no haberse sentido embargado por la indescriptible emoción de la que tan poco se sabe.

El director terminó bruscamente su discurso gritando:

—¡Valor y victoria! ¡Buenas noches!

Hilary abandonó la sala casi tambaleante, con la mente dominada por sueños de gloria, y adivinó la misma sensación en los rostros de los demás. Ericsson, sobre todo, tenía la mirada perdida y echaba la cabeza ligeramente hacia atrás, como en éxtasis.

Entonces sintió la mano de Andy Peters en el brazo.

—Ven conmigo a la terraza —le sugirió—. Necesitamos un poco de aire.

Subieron en el ascensor sin pronunciar palabra y echaron a andar entre las palmeras, alumbrados por la luz de las estrellas.

Peters aspiró con fuerza.

—Sí. Esto es lo que necesitábamos. Aire para disipar las nubes de gloria.

Hilary exhaló un profundo suspiro. Todavía seguía soñando. Él la sacudió amablemente por el brazo.

—Despierta, Olive.

—Nubes de gloria. La descripción exacta.

—Despierta, te digo. ¡Vuelve a ser mujer! ¡Vuelve a la tierra y a lo más básico! Cuando se te pasen los efectos del síndrome de la gloria, te darás cuenta de que es la misma cantinela de siempre.

—Pero ha estado bien. Quiero decir que es un hermoso ideal.

—¡Al demonio los ideales! Atengámonos a los hechos: juventud, cerebros, gloria, gloria, ¡aleluya! ¿Quiénes son la juventud y los cerebros? Helga Needheim, una egoísta despiadada. Torquil Ericsson, un soñador. El doctor Barron, que vendería a su mismísima abuela por conseguir material para su trabajo. Y mírame a mí, un tipo vulgar, como tú misma has dicho, útil con el microscopio y los tubos de ensayo, pero sin ningún talento para llevar la administración de una oficina, y mucho menos para gobernar el mundo. Fíjate en tu marido. Sí, voy a decírtelo, un hombre con los nervios deshechos que no es capaz de pensar más que en que lo van a liquidar. Te he nombrado a las personas que mejor conoces, pero aquí todos son iguales, al menos los que yo conozco. Puede que los genios sean fantásticos en su trabajo, pero como administradores del universo, ¡olvídalos, no me hagas reír! Tonterías perniciosas, eso es lo que hemos estado escuchando.

Hilary se sentó en el parapeto y se pasó la mano por la frente.

—Creo que tienes razón. Pero las nubes de gloria me siguen arrastrando. ¿Cómo lo hace? ¿Se lo cree? Debe de creerlo.

—Supongo que siempre se acaba en lo mismo. Un loco que se cree Dios —dijo Peters lamentándose con amargura.

—Supongo que sí —coincidió Hilary—. Y, no obstante, no me acaba de convencer.

—Pero ocurre. Una y otra vez se repite la historia. Y lo convence a uno. Casi me convence a mí esta noche. Y a ti te ha convencido. Si no te traigo aquí enseguida... —Su actitud cambió bruscamente—. Supongo que no tendría que haberlo hecho. ¿Qué dirá Betterton? Lo encontrará extraño.

—No lo creo. Dudo de que siquiera lo haya notado.

Él la interrogó con la mirada.

—Lo siento, Olive. Esto debe de ser un infierno para ti. Ver cómo se desmorona.

—Tenemos que marcharnos —dijo ella apasionadamente—. Marcharnos como sea, escapar.

—Nos iremos.

—Eso ya lo dijiste, pero no hemos adelantado nada.

—¡Claro que sí! No he estado de brazos cruzados.

Ella lo miró sorprendida.

—No es que tenga un plan preciso, pero he iniciado algunas actividades subversivas. Aquí hay mucha gente descontenta, más de los que se imagina nuestro endiosado *herr* director. Para los humildes miembros de la Unidad, la comida, los lujos y las mujeres no lo son todo. Yo te sacaré de aquí, Olive.

—¿Y también a Tom?

El rostro de Peters se ensombreció.

—Olive, créeme: Tom hará mejor en quedarse. Está... —vaciló— más seguro aquí que en el mundo exterior.

—¿Más seguro? ¡Qué extraño!

—Sí, más seguro —repitió Peters—. Eso es.

—No comprendo lo que quieres decir. ¿No pensarás que se ha vuelto loco?

—En absoluto. Está desmoralizado. Estoy seguro de que está tan cuerdo como tú o como yo.

—Entonces ¿por qué sugieres que estará más seguro aquí?

—Una jaula es un lugar seguro —precisó Peters, despacio.

—¡Oh, no! —exclamó Hilary—. No me digas que tú también crees en eso. No me digas que ese hipnotismo en masa, esa sugestión o lo que sea, está haciendo mella en ti. ¡Seguros, sumisos y contentos! ¡Tenemos que rebelarnos! ¡Debemos querer ser libres!

—Sí, lo sé. Pero...

—De todas formas, Tom está desesperado por salir de aquí.

—Es posible que Tom no sepa exactamente lo que le conviene.

De pronto Hilary recordó lo que Tom le había insinuado. Si había pasado informaciones secretas, era probable que lo persiguieran; sin duda, eso estaba tratando de decirle Peters, aunque no sabía cómo. Era mejor cumplir una condena en la cárcel que permanecer allí. Por eso insistió, obstinada:

—Tom también debe venir.

—Como gustes. Ya te he advertido. Quisiera saber por qué diablos te importa tanto ese individuo.

Le sorprendió el tono amargo de Peters.

Ella lo miró, consternada. Unas palabras acudieron a sus labios, pero se contuvo. Hubiera querido decirle: «No me importa. No significa nada para mí. Pero era el marido de otra mujer y tengo una responsabilidad con ella. Eres tonto, ¿no te das cuenta de que si hay alguien que me importa en este mundo ese eres tú...?».

III

—¿Has estado divirtiéndote con tu debilucho amigo norteamericano? —Tom Betterton le soltó esas palabras en cuanto ella entró en el dormitorio. Estaba tendido en la cama, fumando un cigarrillo.

—Llegamos juntos aquí, y pensamos lo mismo sobre ciertos temas.

—¡No te lo reprocho! —Por primera vez la miró de otra manera—. Eres una mujer atractiva, Olive.

Desde el principio, Hilary le había insistido en que la llamara siempre por el nombre de su esposa.

—Sí, eres muy atractiva —repitió, mirándola de arriba abajo—. Ya lo había notado, pero ahora nada de esto me impresiona.

—Tal vez sea mejor así —contestó Hilary secamente.

—Soy un hombre del todo normal, querida, o lo era. ¡Dios sabe lo que soy ahora!

Hilary se sentó a su lado.

—¿Qué te ocurre, Tom?

—Ya te lo dije. No puedo encontrarme a mí mismo. Como científico... soy un desastre. Este lugar...

—Los otros, la mayoría, no parecen sentir lo mismo que tú.

—Seguramente porque son un hatajo de insensibles.

—Algunos son bastante temperamentales —opinó Hilary—. Si tuvieras algún amigo, algún amigo de verdad...

—Bueno, tengo a Murchison. Y también he tratado bastante a Ericsson, aunque es aburridísimo.

—¿De veras?

Sin saber por qué, Hilary se sorprendió.

—Sí. Dios, es muy inteligente. Ojalá yo tuviera su cerebro.

—Es muy extraño —dijo la joven—. Siempre me ha dado miedo.

—¿Miedo? ¿Torquil? ¡Si es inofensivo! En algunos aspectos es como un niño. No conoce el mundo.

—A mí me asusta —repitió Hilary.

—Tus nervios también deben de estarse alterando.

—Todavía no. Pero supongo que ocurrirá tarde o temprano. Tom, no intimes demasiado con Torquil Ericsson.

Betterton la miró, extrañado.

—¿Por qué no?

—No lo sé. Es un presentimiento.

Capítulo 17

I

Leblanc se encogió de hombros.

—Han abandonado África, eso seguro.

—No tanto.

—Es lo más probable. —El francés negó con la cabeza—. Después de todo, ya sabemos cuál era su destino, ¿verdad?

—Si se dirigían adonde suponemos, ¿por qué emprender el viaje desde África? Cualquier otro lugar de Europa hubiera sido más adecuado.

—Eso es verdad. Pero puede verse desde el ángulo contrario. Nadie imaginaría que iban a reunirse aquí para emprender su viaje.

—Todavía sigo pensando que debe de haber algo más —insistió Jessop—. Además, en ese aeródromo solo pudo aterrizar un aparato pequeño. Tendría que haber hecho alguna escala para proveerse de combustible antes de cruzar el Mediterráneo. Y en algún sitio habría dejado rastro.

—*Mon cher*, hemos realizado todas las averiguaciones posibles. Cada lugar ha sido...

—El rastreo con contadores Geiger acabará dando algún resultado. No son tantos los aparatos a examinar. Solo un vestigio de radiactividad y sabremos cuál es el avión que buscamos.

—Eso si su agente ha podido utilizar el pulverizador. ¡Dios! Demasiados «si».

—Lo conseguiremos —aseguró Jessop, obstinado—. Quisiera saber...

—¿Sí?

—Nosotros suponemos que fueron al norte, hacia el Mediterráneo. Pero ¿por qué no pensar que fueron hacia el sur?

—¿Volviendo sobre sus pasos? Pero, entonces, ¿adónde podrían ir? Allí están las montañas del Gran Atlas y, detrás, las arenas del desierto.

II

—*Sidi*, ¿me jura usted que tendré lo prometido? ¿Una gasolinera en Estados Unidos, en Chicago? ¿Es cierto?

—Es cierto, Mohamed; es decir, si salimos de aquí.

—Todo depende de la voluntad de Alá.

—Entonces esperemos que la voluntad de Alá sea que tengas una gasolinera en Chicago. ¿Por qué ha de ser en Chicago?

—*Sidi*, el hermano de mi mujer se fue a Estados Unidos y tiene una gasolinera en Chicago. ¿Usted cree que quiero seguir toda mi vida en este lugar apartado del mundo? Aquí hay dinero, mucha comida, alfombras y mujeres, pero no es moderno. No es Estados Unidos.

Peters miró pensativo el digno rostro negro de Mohamed, que, con sus blancas vestiduras, presentaba un aspecto magnífico. ¡Qué extraños eran los deseos del corazón humano!

—No sé si haces bien —le dijo con un suspiro—, pero lo tendrás. Naturalmente, si nos descubren...

Mohamed exhibió sus blancos dientes en una sonrisa.

—Entonces será la muerte. Para mí, segura. Quizá para usted no, *sidi*, pues usted vale mucho.

—Aquí se mata con mucha facilidad, ¿verdad?

El bereber se encogió de hombros.

—¿Y qué es la muerte? Eso también depende de la voluntad de Alá.

—¿Sabes lo que tienes que hacer?

—Lo sé, *sidi*. Tengo que acompañarlo a la terraza después de oscurecer. Y también dejar en su habitación ropas como las que llevamos los criados. Más tarde, otras cosas.

—De acuerdo. Será mejor que ahora salga del ascensor. Alguien puede haberse fijado en que estamos subiendo y bajando, y tal vez sospeche.

III

Se celebraba un baile y Andy Peters se movía por la pista con la señorita Jennson.

La estrechaba entre sus brazos y parecía murmurarle al oído. Al pasar cerca de Hilary, le guiñó un ojo con descaro.

Hilary tuvo que morderse los labios para contener la risa y apartó la mirada enseguida.

Se fijó en que Betterton estaba al otro lado de la sala charlando con Torquil Ericsson. Hilary frunció el ceño.

—¿Quieres bailar conmigo, Olive? —le preguntó Murchison, que estaba a su lado.

—¡Claro que sí, Simon!

—¡No soy muy buen bailarín! —le advirtió él.

La joven se concentró en colocar los pies donde él no pudiera pisárselos.

—Es lo que yo digo: por lo menos se hace ejercicio —comentó Murchison, jadeando, entregado en el baile—. Llevas un vestido precioso, Olive.

Su conversación siempre parecía sacada de una novela pasada de moda.

—Celebro que te guste.

—¿Es del departamento de modas?

Hilary resistió la tentación de replicar: «¿De dónde, si no?», y se limitó a contestar:

—Sí.

—Hay que reconocer que aquí saben hacer las cosas —continuó Simon mientras giraban por la sala—. Se lo decía a Bianca el otro día. Supera de lejos al estado del bienestar. No hay que preocuparse por el dinero, los impuestos, las reparaciones o el mantenimiento. Todo nos lo dan hecho. Debe de ser una vida maravillosa para una mujer.

—Para Bianca lo es, ¿no?

—Al principio estaba un poco nerviosa, pero ahora se las ha arreglado para montar un par de comisiones y ha organizado alguna que otra cosa: debates y conferencias. Lamenta que no tomes parte en ello.

—Temo no ser de esa clase de personas, Simon. Nunca he tenido mucho espíritu público.

—Sí, pero vosotras tenéis que divertiros de un modo u otro. Aunque *divertirse* no sea la palabra exacta.

—¿Ocuparnos, quizá?

—Sí. Quiero decir que la mujer moderna necesita ocuparse en algo. Comprendo que las mujeres como Bianca y como tú habéis hecho un enorme sacrificio al venir aquí. Ninguna de las dos es científica, gracias a Dios. La verdad, esas científicas... ¡La mayoría son el colmo! Se lo dije a Bianca: «Dale tiempo a Olive, ya se irá amoldando». Se tarda algún tiempo en acostumbrarse a este lugar. Al principio, uno tiene sensación de claustrofobia. Pero se pasa..., se pasa.

—¿Quiere decir que uno se acostumbra a todo?

—A algunas personas les cuesta más que a otras. Por ejemplo, Tom se lo toma bastante mal. ¿Por dónde anda esta noche? Ah, sí, ya lo veo; está con Torquil. Son inseparables.

—Ojalá no fueran tan amigos. Quiero decir que nunca hubiera dicho que tuviesen nada en común.

—El joven Torquil parece fascinado por tu marido. Lo sigue a todas partes.

—Sí, lo he notado. Me pregunto por qué.

—Siempre tiene alguna extraña teoría que contar.

Supera mi capacidad de comprensión. Su inglés es bastante deficiente, pero Tom lo escucha y lo entiende.

El baile terminó. Andy Peters se acercó a Hilary para pedirle el siguiente.

—Veo que te has sacrificado por una buena causa. ¿Te ha pisado mucho?

—¡Oh, soy muy ágil!

—¿Me has visto haciendo mi trabajo?

—¿Con la señorita Jennson?

—Sí. Modestia aparte, creo poder decir que he hecho notables progresos en este sentido. Estas jóvenes cortas de vista, feas y de horribles facciones responden de inmediato al tratamiento.

—Desde luego, parecía que estabas enamorado de ella.

—Esa era mi intención. Esa chica, Olive, si se la maneja convenientemente, puede sernos útil. Sabe todo lo que ocurre aquí. Por ejemplo, mañana vendrán de visita varias personalidades importantes. Doctores, funcionarios gubernamentales y un par de ricos mecenas.

—Andy, ¿crees que puede presentarse una oportunidad?

—No lo sé. Apuesto a que extremarán las precauciones, de modo que no albergues muchas esperanzas, pero tal vez podamos hacernos una idea de los procedimientos que utilizan. Y en la próxima ocasión..., bueno, quizá podamos hacer algo. Mientras tenga a la señorita Jennson comiendo de la palma de la mano, puedo conseguir mucha información.

—¿Qué saben los que vienen de visita?

—De nosotros, me refiero a la Unidad, nada en absoluto. O eso creo. Solo inspeccionarán las instalaciones y los laboratorios de investigaciones médicas. Este lugar ha sido construido deliberadamente como un laberinto para que nadie que entre pueda adivinar su extensión. Imagino que hay mamparas que se cierran para aislar esta área.

—Todo esto parece increíble.

—Lo sé. La mitad del tiempo uno piensa que está soñando. Una de las cosas más increíbles es que nunca se ve ningún niño. ¡Gracias a Dios que no los hay! Debes de estar contenta de no tener ninguno.

Notó la súbita rigidez de la muchacha.

—¡Vaya, lo siento, ya he dicho una tontería!

La sacó de la pista de baile para ir a sentarse.

—Lo siento muchísimo —repitió Andy—. Te he hecho daño, ¿verdad?

—No tiene importancia. No, no es culpa tuya. Tuve una niña y murió. Eso es todo.

—¿Tuviste una hija? —La miró, sorprendido—. ¡Creí que solo llevabas seis meses casada con Betterton!

—Sí, desde luego —explicó rápidamente con el rostro arrebolado—. Pero antes estuve casada. Me divorcié de mi primer marido.

—¡Oh, entiendo! Esto es lo peor de este lugar. No se sabe nada de las vidas de las personas que vienen aquí, y por eso uno va y dice lo menos apropiado. A veces me extraña no saber nada de ti.

—Yo tampoco sé nada de ti. Cómo creciste, dónde, cosas de tu familia...

—Crecí en un ambiente estrictamente científico. Diría que mi biberón fue un tubo de ensayo. Nadie pensaba ni hablaba de otra cosa. Pero nunca fui la lumbrera de la familia. El genio se lo llevó otro.

—¿Quién?

—Una chica. Era muy inteligente. Podría haber llegado a ser otra Marie Curie y haber abierto nuevos horizontes.

—¿Y qué le ocurrió?

—La mataron —respondió lacónico.

Hilary imaginó alguna tragedia de la guerra.

—¿La querías mucho?

—Más de lo que quise nunca a nadie. —De repente, pareció animarse—. ¡Qué diablos! Ya tenemos bastantes problemas en el presente, aquí mismo. Mira a nuestro amigo noruego. Aparte de sus ojos, parece estar tallado en madera. Y cuando hace esa hermosa y rígida reverencia casi diría que lo mueven con una cuerda.

—Es porque es muy alto y delgado.

—No tan alto. Más o menos como yo, un metro ochenta, no más.

—La altura engaña.

—Sí, es como las descripciones de los pasaportes. Ericsson, por ejemplo. Un metro ochenta, pelo rubio, ojos azules, nariz mediana, boca corriente. Incluso si a lo que dice el pasaporte añadiéramos que habla correctamente, pero con pedantería, seguirías sin tener la menor idea de cuál es el aspecto real de Torquil Ericsson. ¿Qué ocurre?

—Nada.

Hilary se había quedado mirando a Ericsson. ¡Era la descripción de Boris Glydr! Coincidía palabra por palabra con la que le había dado Jessop. ¿Por eso Torquil Ericsson la inquietaba? ¿Sería posible que...? Se volvió bruscamente hacia Peters.

—Supongo que es Ericsson, pero ¿no podría ser cualquier otra persona?

Peters la miró estupefacto.

—¿Otra persona? ¿Quién?

—Quiero decir... No sé... Quizá alguien que finge ser Ericsson.

Andy Peters se lo pensó unos instantes.

—Supongo. Pero no, no lo veo factible. De todos modos, tendría que ser un científico, y Ericsson es muy conocido.

—Sin embargo, al parecer, nadie de los que están aquí lo había visto antes. Podría ser Ericsson, pero también cualquier otro.

—¿Quieres decir que Ericsson podría llevar una doble vida? Es posible, pero poco probable.

—No —replicó Hilary—. No, claro que no es probable.

Desde luego, Ericsson no era Boris Glydr. Pero ¿por qué tendría tanto interés Olive Betterton en prevenir a Tom contra Boris? ¿Podía ser porque sabía que Boris iba camino de la Unidad?

¿Y si el hombre que había ido a Londres haciéndose llamar Boris Glydr no fuese Boris Glydr? ¿Y si, en realidad, fuera Torquil Ericsson? La descripción coincidía. Desde que había llegado a la Unidad, había concentrado su atención en Tom. Pero estaba segura de que Ericsson era una persona peligrosa. ¡A saber qué ocultaba tras esa mirada soñadora!

Se estremeció.

—Olive, ¿qué te ocurre? ¿Qué pasa?

—Nada. Mira, el subdirector va a anunciar algo.

El doctor Nielson había alzado la mano para pedir silencio. Habló por el micrófono del estrado de la sala:

—Amigos y colegas, les rogamos que mañana permanezcan en el ala de emergencia. Por favor, reúnanse a las once. Se pasará lista. Estas órdenes son solo para las próximas veinticuatro horas. Siento las molestias. Se ha puesto un aviso en el tablero de anuncios.

Se retiró, sonriente, y la música volvió a sonar.

—Debo volver junto a la señorita Jennson —dijo Peters—. Veo que me mira impaciente desde una columna. Voy a enterarme de qué es eso del ala de emergencia. —Se alejó.

Hilary se quedó pensando. ¿Eran solo imaginaciones suyas? ¿Boris Glydr era Torquil Ericsson?

IV

Pasaron lista en la gran sala de conferencias. Cada uno iba contestando al oír su nombre. Luego formaron una fila y salieron.

La ruta, como siempre, fue a través de un laberinto de pasillos. Hilary, que caminaba junto a Peters, sabía que él ocultaba en la mano una brújula diminuta con la que iba registrando la dirección.

—No es que nos ayude gran cosa —comentó por lo bajo—. En realidad, ahora mismo no nos ayuda en nada, pero puede que nos sirva en el futuro.

Al final del pasillo había una puerta; se detuvieron un momento mientras se abría.

Peters sacó su pitillera. Sonó, perentoria, la voz de Van Heidem:

—No fumen, por favor. Ya se les ha advertido.

—Lo siento, señor.

Peters se quedó con la pitillera en la mano y todos siguieron adelante.

—Como borregos —dijo Hilary con disgusto.

—Anímese —murmuró Peters—. «Beeee... Hay una oveja negra en el rebaño que solo piensa en hacer daño.» ¿Conoce el refrán?

La joven le dedicó una sonrisa de agradecimiento.

—Los dormitorios de las mujeres están a la derecha —anunció la señorita Jennson, que condujo a las mujeres en la dirección indicada.

Los hombres fueron hacia la izquierda.

El dormitorio era una gran sala impoluta, como el pabellón de un hospital. Las camas estaban dispuestas junto a las paredes, separadas por unas cortinas de material plástico que podían deslizarse a voluntad. También había un armario al lado de cada cama.

—Lo encontrarán todo bastante sencillo —les dijo

la señorita Jennson—, pero no demasiado. Los baños quedan a la derecha. El salón está al otro lado de la puerta del fondo.

El salón, donde se reunieron todos poco después, estaba amueblado al estilo de las salas de espera de los aeropuertos. Había un bar y una barra a un lado; en el extremo opuesto, varias estanterías con libros.

El día transcurrió agradablemente. Las películas se proyectaron sobre una pantalla portátil.

La iluminación era parecida a la luz natural para disimular el hecho de que no había ventanas. Hacia el anochecer encendieron otras lámparas de una luz más suave y discreta.

—Muy inteligente —comentó Peters en tono de admiración—. Todo ayuda a disminuir la sensación de haber sido emparedado vivo.

Qué indefensos estaban, pensó Hilary. En algún sitio, muy cerca de ellos, había un grupo de gente del mundo exterior, y no tenían medio de comunicarse con ellos ni de pedirles ayuda. Como de costumbre, todo había sido convenientemente planeado.

Peters se había sentado junto a la señorita Jennson. Hilary propuso a los Murchison una partida de bridge. Tom Betterton declinó la propuesta, diciendo que no podía concentrarse, pero el doctor Barron aceptó ser el cuarto jugador.

Por extraño que parezca, Hilary disfrutó jugando. Eran más de las once y media cuando terminaron el tercer *rubber*. Ella y el doctor Barron ganaron la partida.

—He disfrutado mucho —dijo mientras echaba un

vistazo a su reloj—. Es bastante tarde. Supongo que los VIP ya se habrán marchado. ¿O tendremos que pasar la noche aquí?

—No lo sé, la verdad —respondió Simon Murchison—. Creo que un par de médicos entusiastas se quedan a pasar la noche. De todas formas, mañana al mediodía se habrán marchado todos.

—¿Y entonces nos pondrán de nuevo en circulación?

—Sí. Ya está bien por ahora. Estas cosas trastornan toda nuestra rutina.

—Pero está muy bien organizado —comentó Bianca, dando su aprobación.

Ella y Hilary se pusieron en pie y dieron las buenas noches a los dos hombres. Hilary se apartó para dejar que Bianca entrara primero en el dormitorio, en aquel momento apenas iluminado. De pronto notó que alguien le tocaba el brazo.

Se volvió sobresaltada y se encontró delante a uno de los altos criados bereberes. que le habló apresuradamente en francés.

—*S'il vous plaît, madame* —le dijo apresurado, en francés—, tiene que venir.

—¿Qué? ¿Adónde?

—Sígame, por favor.

Hilary pareció indecisa unos instantes. Bianca ya había entrado en el dormitorio; en la sala, las pocas personas que quedaban charlaban animadamente.

De nuevo volvió a sentir que le tiraban del brazo con apremio.

—Sígame, por favor, *madame*.

El criado anduvo unos pasos y se detuvo para ver si ella lo seguía. La joven iba tras él, vacilante.

Observó que el hombre iba mejor vestido que los otros criados. Sus ropas estaban bordadas con hilos de oro.

La hizo cruzar una puerta que había en una esquina del salón, y luego recorrieron los interminables pasillos. No le pareció que fuese el mismo camino por el que habían llegado al ala de emergencia, pero era difícil asegurarlo, porque todos los corredores eran idénticos. Intentó hacer una pregunta, pero el guía negó impaciente con la cabeza mientras apretaba el paso.

Se detuvieron al final de un pasillo. El hombre presionó un botón en la pared. Un panel se deslizó y desveló un pequeño ascensor. Con un gesto le indicó a Hilary que entrara; él la siguió y subieron.

—¿Adónde me lleva? —preguntó irritada.

Sus ojos oscuros la miraron con reproche.

—A ver al amo, *madame*. Es un gran honor para usted.

—¿Quiere decir el director?

—El amo.

El ascensor se detuvo. El hombre abrió las puertas y la hizo salir. Luego recorrieron otro pasillo hasta llegar a una puerta. Su guía llamó y les abrieron. Otro hombre de rostro moreno e impasible, vestido con la misma túnica blanca bordada en oro que llevaba el guía, se hizo cargo de ella.

La acompañó por una antesala alfombrada de rojo

y descorrió unas cortinas. Inesperadamente, Hilary se encontró en un ambiente oriental: divanes bajos, mesitas de centro y un par de hermosos tapices colgados de las paredes.

Sentado en uno de los divanes, había un personaje con quien no habría esperado coincidir allí por nada del mundo. Menudo, amarillento, viejo y arrugado, el señor Aristides la miró con una sonrisa en los labios.

Capítulo 18

—*Asseyez-vous, chère madame* —dijo Aristides, e hizo un gesto con la mano, que parecía una garra.

Hilary se adelantó como en un sueño y se sentó en otro diván, frente a él.

Aristides dejó escapar una risita cacareada.

—Está sorprendida. No es lo que esperaba, ¿verdad?

—No, desde luego —admitió ella—. Nunca pensé..., nunca imaginé...

Pero su sorpresa comenzaba a desvanecerse.

Al ver al señor Aristides, todo aquel mundo ficticio en el que había vivido durante las últimas semanas se vino abajo hecho pedazos.

Ahora sabía por qué la Unidad le había parecido irreal: porque lo era.

Nunca fue lo que pretendía. Tampoco aquel *herr* director de voz arrebatadora era auténtico; solo era una ficción creada para ocultar la verdad.

La verdad estaba ahí, en esa secreta estancia oriental, en aquel viejo enjuto que se reía tranquilamente. Con el señor Aristides en el centro de aquel cuadro, todo cobraba sentido: el sentido común, práctico y cotidiano.

—Ahora lo comprendo —comentó Hilary—. Todo esto es suyo, ¿verdad?

—Sí, *madame*.

—¿Y el director? ¿El que llaman director?

—Es muy bueno —respondió el señor Aristides—, y le pago un sueldo considerable. Antes era predicador.

Fumó en silencio unos segundos. Hilary no dijo nada.

—Junto a usted hay delicias turcas, *madame*, y otras golosinas, si lo prefiere.

De nuevo, se hizo el silencio. Luego prosiguió:

—Soy un filántropo, *madame*. Como sabe, soy rico. Uno de los hombres más ricos del mundo, probablemente el que más, y debido a mi condición, me siento obligado a servir a la humanidad. He establecido aquí, en este lugar remoto, una leprosería y un gran centro para investigar la cura de esta enfermedad infecciosa. Ciertos tipos de lepra pueden curarse; otros, por ahora, no tienen solución. Pero, de todas formas, estamos trabajando en ello y obteniendo buenos resultados.

»En realidad, la lepra no es una enfermedad que se transmita fácilmente. No es ni la mitad de contagiosa o infecciosa que la viruela, el tifus, la tuberculosis o cualquier otra enfermedad parecida. Y, no obstante, con la sola mención de la palabra "leprosería", todo el mundo se estremece de horror y se aleja lo más posible. Es un miedo ancestral. Un miedo que aparece en la Biblia y que ha perdurado a través de los siglos. El horror a los leprosos. Me ha sido muy útil para crear este sitio.

—¿Lo creó por esta razón?

—Sí. Tenemos también un departamento para investigaciones sobre el cáncer, y se realizan importantes trabajos sobre tuberculosis.

»Asimismo se investigan los virus por razones curativas; *bien entendu*, la guerra biológica no se menciona para nada. Todo muy humano, muy aceptable, y redunda en mi honor. Conocidos médicos, cirujanos y químicos investigadores vienen aquí de vez en cuando, como hoy mismo, para ver los resultados que hemos obtenido. El edificio se construyó de tal manera que una parte está aislada, y ni siquiera se ve desde el aire. Los laboratorios más secretos se esconden en túneles abiertos en la misma roca. En cualquier caso, yo estoy por encima de toda sospecha. —Sonrió antes de añadir—: ¡Soy tan rico!

—Pero ¿por qué? —preguntó Hilary—. ¿Por qué esta ansia de destruir?

—Yo no tengo ansia de destruir, *madame*. Me juzga usted mal.

—Entonces no lo entiendo.

—Soy un hombre de negocios y también un coleccionista —explicó el señor Aristides—. Cuando la riqueza es abrumadora, es lo único que cabe hacer. Yo he coleccionado muchísimas cosas. Pinturas, por ejemplo; tengo la mejor colección de Europa. Ciertas clases de cerámica. La filatelia: mi colección de sellos es famosa. Cuando completo lo bastante una colección, paso a otra cosa. Soy un hombre viejo y no me queda ya mucho más por coleccionar. Así pues, finalmente me dediqué a coleccionar cerebros.

—¿Cerebros?

—Sí, es lo que resulta más interesante. Poco a poco reúno aquí a todos los cerebros del mundo. Jóvenes, *madame*, eso es lo que traigo aquí. Hombres jóvenes prometedores y otros que ya han tenido éxito. Un día las viejas naciones del mundo despertarán para darse cuenta de que sus científicos son viejos y están trasnochados, y que los jóvenes cerebros del mundo, médicos, químicos, investigadores, físicos y cirujanos, están todos aquí, bajo mi custodia. ¡Y si quieren a un científico, un cirujano plástico o un biólogo, tendrán que venir a comprármelo a mí!

—¿Quiere decir...? —Hilary se inclinó hacia delante, mirándolo fascinada—. ¿Quiere decir que todo esto es una gigantesca operación comercial?

—Sí —respondió el señor Aristides amablemente—. Es lógico. De otro modo, no tendría sentido. ¿No le parece?

Hilary exhaló un profundo suspiro.

—No. Eso es lo que yo pensaba.

—Al fin y al cabo, comprenda —añadió el señor Aristides casi disculpándose—. Es mi profesión. Soy un hombre de negocios.

—¿Y dice que no hay nada político en todo esto? ¿No quiere hacerse con el control del mundo?

El anciano levantó una mano en un gesto de rechazo.

—Yo no quiero ser Dios —explicó—. Esa es la enfermedad profesional de los dictadores: querer ser Dios. Soy un hombre religioso. Por ahora, no he contraído ese mal. —Reflexionó unos instantes y añadió—: Puede que llegue a contraerlo. Sí, es posible, pero, por suerte, hasta ahora, no.

—¿Cómo ha conseguido que vengan aquí todas esas personas?

—Las compro, *madame*. En el mercado libre, como cualquier otra mercancía. Algunas veces, con dinero; otras, las que más, con ideas. Los jóvenes son soñadores. Tienen ideales, creencias. A los que han violado las leyes les ofrezco seguridad.

—Eso lo explica todo. Quiero decir que eso explica algo que me intrigó durante mi viaje aquí.

—¡Ah! ¿Se sintió intrigada durante el viaje?

—Sí. Por la diferencia de objetivos. Andy Peters, el norteamericano, parecía completamente de izquierdas, pero Ericsson creía con fanatismo en el superhombre. Helga Needheim era una fascista arrogante y pagana. Y el doctor Barron... —Vaciló.

—Sí, vino por dinero —afirmó el señor Aristides—. El doctor Barron es un ser civilizado y cínico. No tiene ilusiones, pero ama su trabajo. Deseaba disponer de dinero sin limitaciones para continuar investigando. Es usted inteligente, *madame* —añadió—, lo comprobé en Fez.

Volvió a reír con aquella risa que parecía un cloqueo.

—¿Sabe que fui a Fez únicamente para observarla? O, mejor dicho, la hice llevar a Fez para que poder observarla.

—Ya —dijo Hilary, sin pasar por alto que había cambiado la frase.

—Me alegró saber que usted iba a venir aquí. Compréndame, no encuentro a muchas personas inteligentes con quienes poder hablar. —Hizo un gesto despectivo—. Los científicos, biólogos y químicos no son interesantes. Tal vez sean genios en su trabajo, pero su conversación no resulta agradable. Sus esposas, por lo general, también son muy aburridas. No me gusta que estén aquí. Solo les permito venir por una razón.

—¿Cuál?

—Los pocos casos en que el marido es incapaz de realizar su trabajo adecuadamente por pensar demasiado en su esposa —afirmó Aristides con un tono desabrido—. Eso parecía ser lo que sucedía con su marido. Thomas Betterton es conocido en el mundo como un joven genio, pero desde que está aquí solo ha llevado a cabo trabajos mediocres y sin importancia. Sí, Betterton me ha decepcionado.

—¿No comprende que es algo que ocurre constantemente? Estas personas, al fin y al cabo, son prisioneros. ¿No se rebelan, por lo menos al principio?

—Sí —confirmó él—. Es natural e inevitable. Es lo que ocurre cuando se encierra un pájaro en una jaula por primera vez. Pero si está en un aviario lo bastante grande, si tiene todo lo que precisa, una compañera, grano, agua, ramitas, todo lo que necesita para la vida, termina olvidando que alguna vez fue libre.

Hilary se estremeció.

—Me asusta usted.

—Aquí irá comprendiendo muchas cosas, *madame*. Permítame asegurarle que, si bien al llegar aquí esos hombres de distintas ideologías se desilusionan y se rebelan, al final todos acabarán por ponerse en la fila.

—No puede estar seguro de eso.

—En este mundo, no se puede estar seguro de nada. En eso estoy de acuerdo con usted, pero de todas formas es lo que ocurre en un noventa y nueve por ciento de las ocasiones.

La joven lo miró con horror.

—¡Es espantoso! —exclamó—. Es como una agencia de mecanógrafas, solo que, en este caso, con cerebros.

—Exacto. Lo ha definido muy bien, *madame*.

—Y piensa que algún día, con esta agencia, abastecerá al mundo de científicos vendiéndolos al mejor postor.

—Esa es, a grandes rasgos, la idea general.

—Pero usted no puede enviar a un científico como quien envía a una mecanógrafa.

—¿Por qué no?

—Porque una vez que el científico se encuentre fuera de aquí podría negarse a trabajar para su nuevo jefe. Volvería a ser libre.

—Eso es cierto solo en parte. Puede que haya que hacer ciertos arreglos.

—¿Arreglos? ¿Qué quiere decir con eso?
—¿Ha oído hablar de la lobotomía, *madame*?
Hilary frunció el ceño.
—Es una operación de cerebro, ¿verdad?
—Sí. Originalmente, se ideó para curar la depresión. No se lo explico en términos médicos, sino con palabras que usted y yo podamos entender fácilmente. Después de la operación, el paciente ya no siente deseos de suicidarse ni tiene ningún complejo de culpabilidad. Queda libre de cuidados, sin conciencia y, en la mayoría de los casos, se vuelve obediente.
—Pero esas intervenciones no resultan exitosas el cien por cien de las veces, ¿verdad?
—Antes no. Pero aquí hemos realizado grandes adelantos en la investigación de este tema. Tengo a tres cirujanos: un ruso, un francés y un austriaco. Tras varias operaciones de injertos y delicadas manipulaciones en el cerebro, se consigue llegar gradualmente a un estado en que la docilidad está asegurada y la voluntad puede controlarse sin afectar necesariamente a la inteligencia. Es posible que al fin podamos conseguir que un ser humano, sin perder su capacidad intelectual, se muestre dócil y acepte cualquier sugestión que se le haga.
—¡Es horrible! —exclamó Hilary—. ¡Horrible!
—Pero útil —replicó él muy sereno—, e incluso beneficioso en algunos aspectos. Porque el paciente es feliz, está contento, y no tiene temores, añoranzas ni inquietudes.
—Yo no creo que eso llegue a ocurrir —afirmó Hilary, desafiante.

—*Madame*, perdone que le diga que no es usted competente para hablar del tema.

—A lo que me refiero es a que no creo que un animal satisfecho y domado produzca nunca un trabajo de verdadero valor.

Aristides se encogió de hombros.

—Tal vez. Usted es inteligente. Puede que tenga algo de razón. El tiempo lo dirá. No dejaremos de realizar experimentos.

—¡Experimentos! ¿Quiere decir con seres humanos?

—Desde luego. Es el único método práctico.

—Pero ¿con quiénes?

—Siempre hay personas que no encajan —explicó Aristides—. Los que no se adaptan a la vida de aquí, y no quieren cooperar, son un buen material para experimentar.

Hilary hundió los dedos en los almohadones del diván. Iba sintiendo una profunda repulsión hacia aquel rostro sonriente, amarillento e inhumano. Todo lo que decía era tan razonable, lógico y práctico que aún la horrorizaba más. Aquel no era un loco, sino simplemente un hombre para el que las criaturas humanas eran materia prima.

—¿No cree usted en Dios?

—Naturalmente que creo en Dios. —El señor Aristides enarcó las cejas. Su tono mostró sorpresa—. Ya se lo he dicho. Soy un hombre de fe. Dios me ha dotado de un poder supremo. De dinero y oportunidades.

—¿Lee usted la Biblia?

—Desde luego, *madame*.

—¿Recuerda lo que Moisés y Aarón le dijeron al faraón? «Dejad marchar a mi pueblo.»

Él sonrió.

—¿De modo que soy el faraón? ¿Y usted Moisés y Aarón en una sola pieza? ¿Es eso lo que intenta decirme, *madame*? Que deje marchar a esas personas, ¿a todas, o solo a una en particular?

—Me gustaría que fueran todas —respondió Hilary.

—¿Se da usted cuenta de que eso es perder el tiempo? En su lugar, ¿no es por su marido por quien debería pedir?

—A usted no le sirve de nada —argumentó la joven—. Seguramente, ya se habrá dado cuenta.

—Tal vez sea cierto lo que dice. Sí, Thomas Betterton me ha decepcionado mucho. Esperaba que su presencia aquí le devolvería la brillantez, porque sin duda la tiene. La fama de la que goza en Estados Unidos no deja lugar a dudas. Pero al parecer su llegada ha tenido poco efecto en él, por no decir ninguno. No es que hable por mí mismo, desde luego, sino por los informes de las personas encargadas de saberlo. Los colegas científicos que han trabajado con él. —Se encogió de hombros—. Su trabajo es meticuloso, pero mediocre. Nada más.

—Algunos pájaros no pueden cantar cuando están enjaulados —replicó Hilary—. Quizá haya también científicos que no pueden concentrarse en su trabajo en ciertas circunstancias. Debe admitir que es una posibilidad razonable.

—Es posible. No lo niego.

—Entonces considere a Thomas Betterton como uno de sus fracasos y déjelo volver al mundo exterior.

—Eso no es posible, *madame*. Todavía no estoy preparado para dar a conocer al mundo la existencia de este lugar.

—Podría hacerle jurar a Tom que guarde el secreto.

—Lo juraría, sí. Pero no cumpliría su palabra.

—¡Oh, sí! ¡Desde luego que la cumpliría!

—¡Ya habló la esposa! Uno no puede creerse la palabra de una mujer en estas cosas. Claro que... —añadió, juntando las puntas de sus dedos amarillentos y reclinándose en el diván— podría dejar un rehén aquí que le sujetara la lengua.

—¿A quién se refiere?

—Me refiero a usted, *madame*. Si Thomas Betterton se va y usted se queda aquí como rehén, ¿cómo le sentaría a usted? ¿Lo aceptaría con gusto?

La mirada de Hilary se perdió entre las sombras que Aristides tenía a sus espaldas. El millonario no podía ver las imágenes que iban surgiendo ante sus ojos: estaba de nuevo en el hospital, junto a una mujer agonizante, y escuchaba a Jessop mientras memorizaba sus instrucciones. Si existía una posibilidad de que Tom Betterton pudiera recuperar la libertad, ¿no sería este el mejor modo de cumplir con su misión? Porque Hilary sabía (y Aristides lo ignoraba) que allí no quedaría un rehén en el sentido estricto de la palabra, puesto que ella no significaba nada para Thomas Betterton. La mujer que había amado estaba muerta.

Alzó la cabeza y miró al hombre que se sentaba en el diván.

—Me quedaría de buen grado.

—Es usted valiente, *madame*, leal y abnegada. Son buenas cualidades. En cuanto a lo demás... —sonrió—, ya hablaremos de ello en otra ocasión.

—¡Oh, no, no! —Hilary escondió el rostro entre sus manos y se echó a llorar—. ¡No puedo soportarlo! ¡No puedo! Es demasiado inhumano.

—No debe alterarse. —La voz del anciano era tierna, casi como una caricia—. Me ha encantado hablarle esta noche de mis ideas y de mis aspiraciones. Ha sido interesante ver el efecto que producen en un cerebro totalmente desprevenido, una mente como la suya, sana, bien equilibrada e inteligente. Está usted horrorizada. Le repele. No obstante, creo que sorprenderla así ha sido un plan inteligente. Al principio, se rechaza la idea, luego se piensa mejor, se reflexiona, y al fin parece natural, como si hubiese existido siempre: un lugar común.

—¡Nunca! —exclamó Hilary—. ¡Eso nunca! ¡Nunca! ¡Nunca!

—¡Ah! —dijo Aristides—. Habla usted con la pasión y la rebeldía que acompaña siempre a los cabellos rojos. Mi segunda esposa era pelirroja. Una mujer muy hermosa y que me amaba. Es extraño, ¿verdad? Siempre he admirado a las pelirrojas. Tiene usted unos cabellos preciosos. Hay otras cosas de usted que también me gustan. Su espíritu, su valor, el tener una mentalidad propia. —Suspiró—. Actualmente, las mujeres como tales me interesan muy poco. Tengo un par de jovencitas que me entretienen algunas veces, pero ahora lo que prefiero es el estímulo de la compañía intelectual. Créame, *madame*, su presencia me ha resultado muy estimulante.

—¿Suponga que le cuento a mi marido todo lo que me ha dicho?

Aristides sonrió con indulgencia.

—¡Ah, sí! Supongamos que se lo dice. Pero ¿lo hará?

—No lo sé. ¡Oh, no lo sé!

—¡Ah! Es usted prudente. Hay ciertas cosas que las mujeres deben callar. Pero está usted cansada e inquieta. De tanto en tanto, cuando venga por aquí, la haré llamar y discutiremos sobre muchas cosas.

—Déjeme salir de este lugar. —Hilary extendió las manos, suplicante—. ¡Oh, déjeme salir! Lléveme con usted cuando se marche. ¡Por favor! ¡Por favor!

Él negó con la cabeza, muy tranquilo. Su expresión era benévola, pero estaba teñida de cierto desprecio.

—Ahora habla usted como una chiquilla. ¿Cómo voy a dejarla salir? ¿Cómo podría permitir que fuese contando a todo el mundo lo que ha visto aquí?

—¿No me creería si le jurara que no diría una palabra a nadie?

—Por supuesto que no —replicó el anciano—. Sería muy tonto si lo hiciera.

—No quiero estar aquí. Quiero salir de esta cárcel. Quiero marcharme.

—Tiene a su marido. Usted vino para reunirse con él, por voluntad propia.

—Pero ignoraba lo que era esto. No tenía la menor idea.

—No, no tenía usted la menor idea —replicó Aristides—. Pero puedo asegurarle que este mundo privado en el que ha penetrado es mucho más agradable que la vida detrás del telón de acero. ¡Aquí tiene todo lo que necesita! Lujos, un clima fantástico, distracciones... —Se puso en pie y le dio unas palmaditas en el hombro—. Ya se acostumbrará. ¡Ah, sí! El pájaro de rojo plumaje se acostumbrará. Dentro de un año, dos a lo sumo, será muy feliz. Aunque, posiblemente —añadió pensativo—, menos interesante.

Capítulo 19

I

Durante la noche, Hilary se despertó sobresaltada. Se incorporó apoyándose en un codo, con el oído atento.

—Tom, ¿lo oyes?

—Sí. Son aviones que vuelan bajo. No tiene nada de particular. Pasan de vez en cuando.

—Quisiera saber... —No terminó la frase.

Siguió despierta recordando su extraña entrevista con Aristides.

Aquel viejo se había encaprichado con ella. ¿Podría aprovecharse de ello?

¿Conseguiría que la llevase con él al mundo exterior?

La próxima vez que la mandara llamar le induciría a hablar de su esposa pelirroja. No era el señuelo de la carne lo que lo cautivaría; su sangre era demasiado fría para eso. Además, tenía a sus «jovencitas». Pero a los viejos les gusta recordar, les gusta que los animen a rememorar tiempos pasados.

Como su tío George, que vivía en Cheltenham... Sonrió en la oscuridad al recordarlo. ¿Acaso eran tan distintos el tío George y Aristides, el millonario? El tío George tenía un ama de llaves, «una mujer sencilla y agradable, querida, nada excéntrica o llamativa en absoluto, sencilla y sin pretensiones». Pero el tío George sorprendió a toda la familia casándose con aquella mujer sencilla y sin pretensiones. Ella había sabido escucharlo. ¿Qué le había dicho a Tom? «Buscaré un medio de salir de aquí.» ¡Qué curioso que ese medio resultara ser Aristides!

II

—Un mensaje —dijo Leblanc—. Al fin un mensaje.

Su asistente acababa de entrar y, tras saludarlo, dejó un papel doblado sobre la mesa, lo desplegó y dijo:

—Es un informe de uno de nuestros pilotos de reconocimiento. Ha sobrevolado la zona del Gran Atlas que le señalamos. Al pasar por encima de cierta posición de la cordillera, ha observado unas señales luminosas. Era morse. Se han repetido dos veces. Aquí tiene. —Le tendió el papel a Jessop.

COGLEPROSERIASL

Separó las dos últimas letras con lápiz.

—Nuestra clave para «No contestar» es «SL».

—Y las letras «COG» con que empieza el mensaje —dijo Jessop— son nuestra contraseña.

—Entonces el resto forma el mensaje: «LEPROSERÍA». —Subrayó la palabra y la miró, indeciso.

—¿Leprosería? —repitió Jessop.

—¿Y qué significa eso?

—¿Tienen ustedes alguna leprosería importante? ¿O que no lo sea?

Leblanc extendió un gran mapa sobre la mesa. Indicó un punto con uno de sus índices regordetes, manchado por la nicotina.

—Aquí es donde estuvo volando nuestro piloto. Veamos. —Señaló la zona—. Me parece recordar...

Salió de la estancia y volvió al cabo de unos minutos.

—Ya lo tengo —le dijo—. En esta zona, que, por cierto, está casi desierta, existe un famoso centro de investigaciones médicas, fundado y sostenido por un conocido filántropo. Allí se han realizado trabajos muy valiosos sobre el estudio de la lepra. Hay una leprosería en la que se atiende a unas doscientas personas. También se investiga sobre el cáncer y tienen un sanatorio para tuberculosos. Pero, entienda bien esto, todo es auténtico. Su reputación es inmejorable. El mismo presidente de la República es su protector.

—Sí —reconoció Jessop—. Una obra muy meritoria.

—Está abierta a la inspección en cualquier momento. Los médicos interesados en estos temas la visitan a menudo.

—¡Y no ven nada de lo que no deben ver! ¿Por qué habrían de verlo? No existe mejor camuflaje para los asuntos sucios que un ambiente de la mayor respetabilidad.

—Podría ser, supongo, un lugar adecuado para hacer un alto en un viaje —respondió Leblanc, poco convencido—. Tal vez un par de médicos centroeuropeos se las hayan apañado para montar algo. Un pequeño grupo de personas, como el que buscamos, podría perderse allí durante unas semanas antes de continuar su viaje.

—Creo que es más que eso —respondió Jessop—. Creo que es el final del trayecto.

—¿Cree que se trata de algo grande?

—Una colonia de leprosos me resulta muy sugestiva. Tengo entendido que hoy en día, con los tratamientos modernos, la lepra se trata a domicilio.

—En los países civilizados, es posible. Pero no podría hacerse en este país.

—No. Pero la palabra *leprosería* todavía se asocia con la Edad Media, cuando los leprosos llevaban una campanilla para advertir de su paso. La curiosidad no arrastra a la gente a una colonia de leprosos; los que van allí, como usted ha dicho, son médicos únicamente interesados por las investigaciones y, tal vez, asistentes sociales ansiosos por dar a conocer al mundo las condiciones en que viven los leprosos. Todo, sin duda, muy admirable. Tras esa fachada de filantropía y caridad puede ocultarse cualquier cosa. A propósito, ¿quién es el dueño de esa leprosería? ¿Quiénes son los filántropos que la levantaron y la patrocinan?

—Eso es fácil averiguarlo. Un momento.

Volvió a los pocos minutos con un libro de referencias en la mano.

—La creó una empresa particular, un grupo de filántropos presidido por Aristides. Como sabe, es un hombre que posee una inmensa fortuna y la emplea generosamente en obras de caridad. Ha fundado hospitales en París y también en Sevilla. Esta, de hecho, es una obra propia. A las otras se han asociado un grupo de benefactores.

—De modo que es cosa de Aristides. Y Aristides estuvo en Fez al mismo tiempo que Olive Betterton.

—¡Aristides! —Leblanc saboreó con fruición aquella coincidencia—. *Mais c'est colossal!*

—Sí.

—*C'est fantastique!*

—Desde luego.

—*Enfin, c'est formidable!*

—Definitivo.

—¿Se da usted cuenta de lo formidable que es? —Leblanc, muy excitado, agitó el índice ante el rostro del otro—. Este Aristides ha metido el dedo en todos los pasteles. Está detrás de casi todo. Los bancos, el Gobierno, las fábricas de armamento, los transportes. Nunca se le ve y apenas se le menciona. Se sienta a fumar en una de las caldeadas habitaciones de su castillo español y, de vez en cuando, escribe unas palabras en un pedazo de papel que arroja al suelo y que su secretario recoge a gatas para poder leer. Y, pocos días después, otro importante banquero de París se pega un tiro. ¡Es así!

—Qué teatral es usted, Leblanc. Pero la verdad no tiene nada de sorprendente. Presidentes y ministros firman importantes acuerdos; opulentos banqueros toman resoluciones trascendentales sentados tras sus suntuosos escritorios, pero a nadie le sorprende descubrir que, detrás de aquella magnificencia, se oculta un viejo repugnante que lleva la batuta. No es tan sorprendente averiguar que detrás de todo este asunto de las desapariciones esté Aristides. A decir verdad, de haber tenido algo más de sentido común, se nos podría haber ocurrido antes. Todo esto es un negocio de gran envergadura. Nada político. La pregunta es: ¿qué vamos a hacer?

Leblanc mostró una expresión lúgubre.

—¿Se da cuenta? No va a resultar sencillo. No me atrevo a pensar en lo que pasará si estamos equivocados. E, incluso en el caso de estar en lo cierto, tendremos que probarlo. Si realizamos investigaciones, alguien al más alto nivel podría prohibirlas. ¿Comprende? No, no va a ser fácil, pero... —volvió a extender el índice con énfasis— lo haremos.

Capítulo 20

Los coches enfilaron a toda velocidad la carretera de la montaña y frenaron ante la gran puerta de hierro empotrada en la misma roca.

Eran cuatro.

En el primero iba un ministro francés junto con el embajador de Estados Unidos; en el segundo, el cónsul británico, un miembro del Parlamento y el jefe de policía. El tercer coche lo ocupaban dos miembros de una antigua comisión real y dos distinguidos periodistas. Los otros acompañantes eran los secretarios de rigor. En el cuarto coche iban ciertas personas desconocidas para el público en general, pero con fama suficiente dentro de su campo. Entre ellas se encontraban el capitán Leblanc y el señor Jessop. Los chóferes, impecablemente uniformados, se apresuraron a abrir las puertas para que se apearan los distinguidos visitantes.

—Espero —murmuró el ministro con aprensión— que no haya posibilidad de contacto de ningún tipo.

Uno de sus colaboradores corrió a tranquilizarlo.

—*Pas du tout, monsieur le ministre.* Se han tomado todas las precauciones posibles. Se inspecciona todo, pero solo a distancia.

El ministro, un hombre de edad algo avanzada y muy aprensivo, pareció relajarse. El embajador comentó algo acerca del mayor conocimiento y mejor tratamiento de estas enfermedades en la actualidad.

Las grandes puertas se abrieron. En el umbral los esperaba un pequeño grupo de bienvenida. El director, moreno y corpulento; el subdirector, alto y rubio; dos médicos y un eminente investigador químico. Los saludos fueron en francés, floridos y prolongados.

—*Et ce cher Aristides?* —preguntó el ministro—. Espero que su indisposición no le prive de cumplir su compromiso de encontrarse aquí con nosotros.

—*Monsieur* Aristides llegó ayer de España en su avión —respondió el subdirector—. Los espera dentro. Permitidme, excelencia, *monsieur le ministre*, que le muestre el camino.

Los visitantes le siguieron. *Monsieur le ministre* miró a través del grueso enrejado metálico que había a su derecha. Los leprosos estaban alineados lo más lejos posible. Respiró. Sus ideas respecto a esa enfermedad seguían siendo propias de la Edad Media.

En el vestíbulo, amueblado con buen gusto, en un estilo moderno, Aristides esperaba a sus invitados. Hubo reverencias, saludos, presentaciones. Los criados de tez morena, vestidos con ropajes y turbantes inmaculados, sirvieron los aperitivos.

—Este lugar es maravilloso, señor —le comentó a Aristides uno de los periodistas más jóvenes.

El viejo hizo uno de sus ademanes orientales.

—Me siento orgulloso de este lugar. Podríamos decir que es mi canto del cisne. Mi último regalo a la humanidad. No se ha reparado en gastos.

—Es cierto —dijo uno de los miembros del personal médico, que parecía muy acalorado—. Este sitio es el sueño de todo profesional. En Estados Unidos lo hacemos bastante bien, pero lo que he visto desde que llegué aquí es... ¡Y además estamos obteniendo resultados! Sí, señor, desde luego que sí.

Su entusiasmo resultaba contagioso.

—Debemos expresar nuestra más ferviente admiración por esta iniciativa privada —dijo el embajador, inclinándose cortésmente ante Aristides.

—Dios ha sido muy bueno conmigo —respondió el aludido con humildad.

Sentado en su silla parecía un pequeño sapo amarillento. El diputado del Parlamento se acercó al oído del miembro de la comisión real, un hombre sordo y muy viejo, y murmuró que Aristides era toda una paradoja.

—Probablemente, este viejo pillastre ha arruinado a millones de personas y ha ganado tanto dinero que no sabe qué hacer con él, y ahora lo devuelve con la otra mano.

El viejo juez le respondió:

—Uno se pregunta hasta qué punto los resultados justifican el aumento de los gastos. La mayoría de los grandes descubrimientos que han beneficiado a la humanidad se hicieron con equipos sencillos.

—Y ahora —dijo Aristides, acabado el protocolo de bienvenida— me harán el honor de disfrutar del humilde refrigerio que les aguarda. El doctor Van Heidem hará los honores; yo estoy a dieta y últimamente como muy poco. Luego visitarán nuestras dependencias.

Bajo la dirección del alegre doctor Van Heidem, los invitados entraron con entusiasmo en el comedor. Habían volado dos horas, más otra hora de viaje en automóvil, y estaban hambrientos. La comida era deliciosa y el ministro se mostró especialmente encantado.

—Disfrutamos de nuestras modestas comodidades —dijo Van Heidem—. Dos veces por semana nos traen en avión fruta y verdura fresca, tenemos carne de ternera y de pollo y, desde luego, unos magníficos congeladores. El cuerpo reclama su parte de los recursos de la ciencia.

Regaron la comida con vinos seleccionados para la ocasión. Luego les sirvieron café turco. A continuación, comenzó la visita. El recorrido duró dos horas y el ministro se alegró de que se acabara. Estaba harto de tantos laboratorios relucientes, corredores interminables y, todavía más, de la cantidad de pormenores científicos que les proporcionaron.

A pesar de que el interés del ministro era superficial, algunos de los otros quisieron conocer más detalles. Se manifestó cierta curiosidad por saber cuáles eran las condiciones de vida del personal y otras particularidades. El doctor Van Heidem se mostró encantado de enseñar a los visitantes todo lo que había que ver. Leblanc y Jessop —el primero acompañaba al ministro y el segundo, al cónsul inglés— se rezagaron un poco mientras los demás volvían al vestíbulo.

—Aquí no hay rastro alguno —murmuró Leblanc, nervioso.

—Ni la menor señal.

—*Mon cher*, ¡qué catástrofe si nos hemos equivocado de puerta, como usted dice! ¡Después de las semanas que ha costado organizar todo esto! En cuanto a mí, será el fin de mi carrera.

—Todavía no me doy por vencido —aseguró Jessop—. Nuestros amigos están aquí, no tengo ninguna duda.

—No hay el menor rastro de ellos.

—Naturalmente. No pueden permitirse el lujo de que dejen rastro. Todo está preparado y arreglado para estas visitas oficiales.

—Entonces ¿cómo vamos a conseguir las pruebas? Créame, sin pruebas nadie tomará cartas en el asunto. Son muy escépticos. El ministro, el embajador norteamericano, el cónsul inglés; todos dicen que un hombre como Aristides está por encima de toda sospecha.

—Calma, Leblanc, calma. Todavía no hemos dicho la última palabra.

Leblanc se encogió de hombros.

—Es usted muy optimista, amigo —le dijo.

Luego se volvió para hablar un momento con un joven de cara de luna y vestimenta impecable que formaba parte del *entourage*. Cuando volvió a mirar a Jessop, vio que sonreía.

—¿Por qué sonríe? —le preguntó, extrañado.

—¿Ha oído hablar del contador Geiger?

—Naturalmente, pero no soy científico.

—Ni yo tampoco, pero es un sensible detector de la radiactividad, y ahora me dice que nuestros amigos están aquí. Este edificio se ha construido de forma desconcertante. Todos los pasillos y las habitaciones se parecen tanto entre sí que es difícil saber dónde se está o cuál es la disposición del edificio. Hay una parte de este lugar que no hemos visto, que no nos han enseñado.

—¿Lo deduce por la radiactividad?

—Exacto.

—En resumen, ¿otra vez las perlas de *madame*?

—Sí. Seguimos jugando a Hansel y Gretel. Pero aquí no se podían dejar signos tan evidentes como las perlas de un collar o una mano de pintura fosforescente. No se pueden ver, pero nuestro detector radiactivo sí puedo captarlos.

—Pero, *mon Dieu*, Jessop, ¿es eso suficiente?

—Debería serlo. Lo que uno teme es que...

Leblanc terminó la frase por él.

—... Que estas personas no quieran creerlo. Se han mostrado reacias desde el principio. ¡Oh, sí, eso es! Incluso su cónsul inglés es un hombre prudente. En muchos aspectos, su Gobierno está en deuda con Aristides. Y, en cuanto al nuestro —se encogió de hombros—, sé que será muy difícil convencer a *monsieur le ministre*.

—Nosotros no ponemos nuestra fe en los Gobiernos —replicó Jessop—. Los gobernantes y los diplomáticos tienen las manos atadas, pero debíamos traerlos aquí porque son los únicos con autoridad. Sin embargo, en cuanto a credibilidad se refiere, tengo puesta mi confianza en otra parte.

—¿Y dónde la ha puesto, amigo mío?

En el rostro de Jessop afloró una sonrisa.

—En la prensa. Los periodistas andan a la caza de noticias. No desean que se silencien. Siempre están dispuestos a investigar cualquier cosa, por mucho que cueste creerlo. Y la otra persona en quien tengo fe —continuó— es en ese viejo sordo.

—Ajá, ya sé a quién se refiere: ese con aspecto de tener un pie en la tumba.

—Sí, está sordo, enfermo y casi ciego. Pero le interesa la verdad. Es un antiguo juez del Tribunal Supremo y, a pesar de ser sordo, ciego y de que le tiemblan las piernas, conserva la cabeza tan despejada como siempre. Tiene esa habilidad innata de los grandes jueces que les permite saber cuándo se cuece algo gordo y no se quiere que se descubra. Es un hombre que escucha, y querrá conocer las pruebas.

Habían regresado al vestíbulo. Les sirvieron té y refrescos. El ministro felicitó al señor Aristides con elegantes frases. El embajador norteamericano hizo lo mismo. Y fue entonces cuando el ministro, mirando a su alrededor, dijo con voz algo nerviosa:

—Y ahora, caballeros, creo que ha llegado el momento de dejar a nuestro amable anfitrión. Hemos visto todo lo que hay que ver. —Su tono no dejaba lugar a dudas—. Todo es magnífico. ¡Un establecimiento de primer orden! Estamos muy agradecidos a nuestro anfitrión por su hospitalidad y lo felicitamos por los avances obtenidos. Ahora nos despediremos de él y partiremos sin dilación. ¿Correcto?

Las palabras en sí eran bastante convencionales. Y la mirada que dirigió a los invitados pudo haber sido solo cortés.

No obstante, lo que el ministro había querido decir en realidad era: «Ya han visto ustedes, caballeros, que aquí no hay nada de lo que temían y sospechaban. Es un gran alivio, y ahora podemos marcharnos con la conciencia tranquila».

Sin embargo, en medio del silencio se alzó la voz educada, deferente y tranquila del señor Jessop. Se dirigió al ministro en un francés correcto, aunque con acento inglés:

—Con su permiso, señor, si es posible, quisiera pedir un favor a nuestro amable anfitrión.

—Desde luego, desde luego. Sí, señor. Ah, señor Jessop. Sí, diga.

Jessop se dirigió solemnemente al doctor Van Heidem, evitando mirar a Aristides.

—Hemos visto a tantas personas que estoy aturdido. Pero aquí está un viejo amigo mío a quien me gustaría saludar. Me pregunto si sería posible antes de marcharnos.

—¿Un amigo suyo? —exclamó Van Heidem con cortesía, visiblemente sorprendido.

—Bueno, en realidad, son dos —replicó Jessop—. También está aquí una mujer, la señora Betterton, Olive Betterton. Creo que su marido trabaja aquí, Tom Betterton. Estuvo en Harwell y, anteriormente, en Estados Unidos. Me gustaría mucho poder hablar con ellos antes de marcharme.

La reacción del doctor Van Heidem fue perfecta. Sus ojos se abrieron con sorpresa y luego frunció el entrecejo.

—Betterton, la señora Betterton... No, creo que no hay nadie aquí con ese nombre.

—También está aquí un estadounidense —insistió Jessop—. Andy Peters, químico investigador. Sí, creo que esa es su especialidad. ¿No es así, señor? —Se volvió con gran deferencia hacia el embajador.

El embajador era un hombre inteligente, de mediana edad y de ojos azules. Tenía un gran carácter y una reconocida capacidad diplomática. Su mirada se cruzó con la de Jessop. Tardó un minuto entero en decidirse.

—Sí. Es cierto, Andy Peters. Me agradaría saludarle.

Van Heidem parecía cada vez más asombrado. Jessop dirigió una rápida mirada al señor Aristides. Su pequeño rostro amarillento no expresaba sorpresa ni inquietud. Sencillamente, no le interesaba.

—¿Andy Peters? No. Me temo, excelencia, que está usted en un error. No tenemos aquí a nadie que se llame así. Ese nombre ni siquiera me suena.

—Sí conoce el de Thomas Betterton, ¿verdad? —intervino Jessop.

Van Heidem vaciló un instante. Volvió ligeramente la cabeza hacia el anciano, pero se contuvo a tiempo.

—Thomas Betterton —repitió—. Pues sí, creo...

Uno de los caballeros de la prensa los interrumpió:

—¡Thomas Betterton! Vaya, yo diría que se armó un gran revuelo hace seis meses cuando desapareció. ¡Salió en todos los titulares de los periódicos europeos! La policía lo ha buscado por todas partes. ¿Quiere decir que ha estado aquí todo este tiempo?

—No —intervino Van Heidem, tajante—. Me temo que alguien les ha estado informando mal. Quizá haya sido una broma. Ustedes han visto a todos los que trabajan en la Unidad. Lo han visto todo.

—Me parece que todo no —replicó Jessop, con calma—. También un joven llamado Ericsson. Y el doctor Louis Barron y, posiblemente, la señora Calvin Baker.

—¡Ah! —Van Heidem pareció comprender al fin—. Pero estas personas murieron en Marruecos, en un accidente de avión. Ahora lo recuerdo. Por lo menos, recuerdo los nombres de Ericsson y Louis Barron. ¡Ah! Francia sufrió una gran pérdida ese día. No es sencillo sustituir a un hombre como el doctor Barron. —Negó con la cabeza—. No sé nada de la señora Calvin Baker, pero me parece recordar que en ese avión iba una mujer inglesa o norteamericana. Quizá pudiera tratarse de esa señora Betterton que usted ha nombrado. Sí, fue muy lamentable. —Miró interrogativamente a Jessop—. Ignoro, *monsieur*, por qué supone usted que esas personas se dirigían aquí. Es posible que el doctor Barron mencionara en alguna ocasión su propósito de visitar nuestro establecimiento mientras estuvo en el norte de África, y tal vez la referida mención diera lugar a un malentendido.

—Entonces ¿me asegura usted que estoy equivocado? —le preguntó Jessop—. ¿Que ninguna de estas personas se encuentra aquí?

—Pero ¿cómo quiere que estén aquí, mi querido amigo, si todos fallecieron en ese accidente de avión? Creo recordar que incluso se encontraron los cadáveres.

—Estaban demasiado carbonizados para poder identificarlos —dijo Jessop con toda la intención del mundo.

Hubo un movimiento a sus espaldas y una voz precisa, fina y muy atenuada, preguntó:

—¿Dice usted que no se produjo una identificación precisa?

Lord Alverstoke se inclinó hacia delante, con la mano junto al oído, y sus ojillos inteligentes se fijaron en Jessop.

—No pudo haberla, milord —confirmó Jessop—, y tengo razones para creer que esas personas sobrevivieron al accidente.

—¿Usted cree? —dijo lord Alverstoke con cierto desagrado.

—Tengo pruebas de que sobrevivieron.

—¿Pruebas? ¿De qué clase, señor Jessop?

—La señora Betterton llevaba un collar de perlas falsas el día que salió de Fez camino de Marrakech —dijo el policía—. Encontraron una de esas perlas a casi un kilómetro de donde se incendió el avión siniestrado.

—¿Cómo puede asegurar que la perla que encontraron pertenecía al collar de la señora Betterton?

—Porque todas las perlas de ese collar tenían una marca imperceptible a simple vista, pero fácil de distinguir con una lente de aumento.

—¿Quién puso esas marcas?

—Yo mismo, en presencia de mi colega aquí presente, *monsieur* Leblanc.

—Usted puso esas marcas. Y ¿tuvo alguna razón para señalar esas perlas de un modo especial?

—Sí, milord. Tenía razones para creer que la señora Betterton me conduciría hasta su marido, Thomas Betterton, contra el cual hay una orden de detención —contestó Jessop—. Aparecieron otras dos perlas. Cada una de ellas en distintos puntos de la línea que une el lugar donde se incendió el avión y el edificio donde ahora nos encontramos. Hechas ciertas averiguaciones en los lugares donde aparecieron dichas perlas, nos facilitaron la descripción aproximada de seis personas que se suponían muertas en el accidente. Uno de esos pasajeros llevaba un guante impregnado de una pintura fosforescente. La marca se observó en el automóvil que transportó a dichos pasajeros durante una de las etapas de su viaje.

—Muy interesante —observó lord Alverstoke con aspereza.

Aristides se removió inquieto en su enorme sillón. Parpadeó varias veces rápidamente.

—¿Dónde encontraron las últimas huellas de ese grupo de personas?

—En un aeródromo abandonado, señor.

Le indicó el lugar preciso.

—Eso queda a cientos de kilómetros de aquí —dijo Aristides—. En el caso de que sus interesantes averiguaciones fuesen exactas y que por alguna razón el accidente fuese simulado, imagino que esos pasajeros despegarían desde ese aeródromo abandonado hacia algún punto desconocido. Como ese aeródromo se halla a cientos de kilómetros, la verdad es que no comprendo en qué basa su creencia de que esas personas están aquí. ¿Por qué habrían de estar aquí?

—Hay varias y muy buenas razones, señor. Uno de nuestros aviones captó un mensaje. Se lo comunicaron a *monsieur* Leblanc. Empezaba con nuestra clave de identificación, y se nos comunicaba que esas personas en cuestión estaban en una leprosería.

—Interesante —opinó el señor Aristides—. Muy interesante. Pero me parece que, sin duda, han querido despistarle. Esas personas no están aquí —afirmó con calma y decisión—. Tiene usted plena libertad para hacer un registro de todo el edificio.

—Dudo que consiguiera encontrar nada, señor —replicó Jessop—. Es decir, revisándolo superficialmente. Sé en qué zona debe comenzar la búsqueda.

—¿De veras? ¿Y dónde está eso?

—En el cuarto pasillo del segundo laboratorio torciendo a la izquierda y al final del corredor.

El doctor Van Heidem hizo un brusco movimiento

y dos vasos que estaban sobre la mesa cayeron al suelo y se hicieron añicos.

Jessop lo miró sonriente.

—Ya ve, doctor, que estamos bien informados.

—¡Esto es absurdo! —exclamó Van Heidem—. ¡Absurdo! Insinúa que nosotros estamos reteniendo a unas personas contra su voluntad. Lo niego categóricamente.

—Parece que hemos llegado a un *impasse* —opinó, molesto, el ministro.

—Ha sido una teoría muy interesante —observó el señor Aristides sin perder la calma—. Pero es solo una teoría. —Miró el reloj—. Me perdonarán ahora si les sugiero que ya es hora de que se marchen. Tienen un largo camino hasta el aeródromo, y se alarmarán si su avión se retrasa.

Leblanc y Jessop comprendieron que había llegado la hora de la verdad. Aristides exhibía toda la fuerza de su personalidad. Retaba a aquellos hombres a que se opusieran a su voluntad. Si persistían, es que estaban dispuestos a un enfrentamiento abierto.

El ministro estaba deseando capitular. El jefe de policía solo quería agradar al ministro. El embajador estadounidense no estaba satisfecho, pero, por razones diplomáticas, también vacilaba en insistir. Y el cónsul inglés no tenía otra salida que plegarse a los demás.

Los periodistas. Aristides pensó en ellos. Quizá su precio fuese elevado, pero seguro que podía comprar su voluntad. Y si no se dejaban sobornar... Bueno, había otros medios.

En cuanto a Jessop y Leblanc, lo sabían todo. Era evidente, pero no actuarían sin el respaldo de la autoridad. Su mirada se cruzó con la del otro anciano, inteligente y despierto, un hombre al que no podía comprar. Pero, al fin y al cabo... El sonido de una voz fría, lejana y muy clara los interrumpió.

—En mi opinión, no debemos apresurar nuestra marcha. Creo que estamos ante un caso que debemos investigar más a fondo. Se han hecho graves acusaciones y considero que no pueden pasarse por alto. Hay que aprovechar toda oportunidad para poder comprobarlas.

—La responsabilidad de buscar pruebas es suya —replicó el señor Aristides, haciendo un gracioso gesto hacia los demás—. Se acaba de hacer una acusación absurda, sin la menor base.

—No sin base.

El doctor Van Heidem se volvió, sorprendido. Uno de los criados árabes había dado un paso al frente. Tenía una hermosa figura; sus ropajes blancos estaban bordados en oro y el turbante que envolvía su cabeza hacía resaltar su rostro moreno.

Todos los reunidos lo miraron, asombrados, porque de sus gruesos labios salía una voz de acento típicamente norteamericano:

—No sin base —repitió—. Pueden tomarme por testigo. Estos caballeros han negado que Andy Peters, Torquil Ericsson, los señores Betterton y el doctor Louis Barron estuvieran aquí. Eso es falso. Todos se encuentran aquí, y yo les hablo en su nombre. —Dio un paso en dirección al embajador estadounidense—. Es posible que le cueste reconocerme, señor, pero yo soy Andy Peters.

Un ligero silbido parecido al de una serpiente brotó de los labios de Aristides. Luego volvió a reclinarse en su sillón y recuperó su expresión impasible.

—Hay mucha gente oculta en este lugar —continuó Peters—: Schwartz, de Múnich; Helga Needheim; Jeffreys y Davidson, los científicos ingleses; Paul Wade, de Estados Unidos; también los italianos Ricochetti y Bianco, y los Murchison. Todos se encuentran en este edificio. Hay un sistema de tabiques que es imposible distinguir a simple vista. Existe toda una red de laboratorios secretos excavados en la misma roca.

—¡Dios nos asista! —exclamó el embajador estadounidense. Miró al supuesto árabe y entonces se echó a reír—. Ni siquiera ahora le reconozco.

—Es por la inyección de parafina en los labios, señor, aparte del pigmento negro.

—Si es usted Peters, ¿cuál es el número que le corresponde en el FBI?

—El 813471, señor.

—Cierto —replicó el embajador—, ¿y las iniciales de su alias?

—B. A. P. G., señor.

El embajador asintió.

—Este hombre es Peters —dijo mirando al ministro.

El ministro vaciló y se aclaró la garganta.

—¿Asegura usted que estas personas han sido retenidas aquí contra su voluntad?

—Algunos están aquí por gusto, excelencia; otros, no.

—En ese caso —continuó el ministro—, hay que tomarles declaración. Sí, sí, sí, desde luego hay que hacerlo.

Miró al prefecto de policía, que se adelantó.

—Un momento, por favor. —Aristides alzó la mano—. Me parece que aquí se ha abusado de mi confianza —dijo con voz tranquila y precisa. Su fría mirada se detuvo en Van Heidem y en el director—. Y, en cuanto a lo que ustedes se han permitido hacer en su entusiasmo por la ciencia, todavía no lo veo del todo claro, caballeros. Financié este centro por el bien de la ciencia, por nada más. Nada tengo que ver con la aplicación práctica de su política. Le advierto, señor director, que si esta acusación es cierta, será mejor que traiga de inmediato a esas personas que supuestamente se encuentran aquí contra su voluntad.

—Pero, *monsieur*, es imposible. Yo creo que...

—Se han acabado los experimentos. —Miró a sus huéspedes—. No es preciso que les asegure, *messieurs*, que si aquí hay algo ilegal, no es asunto mío.

Era una orden y fue aceptada como tal gracias a la riqueza, el poder y la influencia de ese hombre. *Monsieur* Aristides, un personaje de fama mundial, no se vería implicado en ese asunto. No obstante, a pesar de que se libraría, aquello suponía su derrota. El fracaso de sus propósitos, el fracaso de la agencia de cerebros de la que esperaba sacar tantos beneficios. Pero Aristides no se abatía ante los reveses. Ya había fracasado otras veces durante su carrera. Siempre lo aceptaba con filosofía y empezaba a preparar el próximo *coup*.

—Me lavo las manos en este asunto.

El prefecto de policía se adelantó. Debía actuar. Sabía cuáles eran las instrucciones y estaba dispuesto a llevarlas a cabo con toda la fuerza de su posición oficial.

—No toleraré obstrucciones. Es mi deber.

Van Heidem se adelantó con el rostro muy pálido.

—Si tiene la amabilidad de venir por aquí, le mostraré el resto de nuestras dependencias.

Capítulo 21

—¡Me siento como si despertara de una pesadilla! —exclamó Hilary. Se desperezó, alzando los brazos bien alto por encima de la cabeza. Estaban sentados en la terraza de un hotel de Tánger. Habían llegado aquella misma mañana en avión—. ¿De verdad ocurrió todo eso? ¡Es imposible! —continuó la joven.

—Sí, ha sucedido —le contestó Tom Betterton—, pero estoy de acuerdo contigo, Olive. Fue una pesadilla. Bueno, ya he salido de allí.

Jessop apareció en la terraza y se sentó con ellos.

—¿Dónde está Andy Peters? —preguntó Hilary.

—No tardará en venir. Tenía algunos asuntos que atender.

—De modo que Peters era uno de los suyos —comentó Hilary—, y fue quien dejó las señales fosforescentes y las huellas radiactivas de una pitillera de plomo. Nunca me dijo nada.

—No —contestó Jessop—. Los dos fueron muy

discretos. Aunque, para ser precisos, no es uno de los míos. Trabaja para Estados Unidos.

—¿Era a él a quien se refería cuando me dijo que si conseguía llegar hasta Tom tendría protección?

Jessop asintió.

—Espero que no me reproche no haberle proporcionado el final deseado a su experiencia.

Hilary lo miró, extrañada.

—¿Qué final?

—Un medio más deportivo de suicidarse.

—¡Oh, eso! —Negó con la cabeza, sin dar crédito—. Ahora me parece tan absurdo como todo lo demás. He sido Olive Betterton durante tanto tiempo que me resulta extraño volver a ser Hilary Craven.

—¡Ah! —exclamó Jessop—. Ahí está mi amigo Leblanc. Debo ir a hablar con él.

Los dejó para cruzar la terraza.

Tom Betterton dijo a toda prisa:

—Haz una cosa más por mí, ¿quieres, Olive? Todavía sigo llamándote Olive, es la costumbre.

—Sí, desde luego. ¿Qué quieres?

—Sal conmigo a la terraza y luego vuelve y di que he subido a mi habitación para descansar un rato.

—¿Por qué? —Le miró interrogativamente—. ¿Qué vas a hacer?

—Me marcho, querida, mientras pueda hacerlo.

—¿Marcharte? ¿Adónde?

—A cualquier parte.

—¿Por qué?

—Piensa un poco. No sé cuál es mi situación legal

aquí. Tánger es un lugar extraño que no está bajo la jurisdicción de ningún país en particular. Pero sé lo que ocurrirá si voy con vosotros a Gibraltar. En cuanto llegue, me arrestarán.

Hilary lo miró preocupada. Con la excitación de haber escapado de la Unidad, había olvidado los problemas de Tom Betterton.

—¿Te refieres al Acta de Asuntos Secretos..., o como la llamen? No creerás que podrás escapar, ¿verdad, Tom? ¿Adónde irás?

—Ya te lo he dicho. A cualquier parte.

—¿Es eso posible hoy en día? Está la cuestión del dinero y todo ese tipo de dificultades.

—En cuanto al dinero, no tengo por qué preocuparme; lo tengo en un lugar seguro donde puedo recogerlo, bajo otro nombre.

—¿De modo que aceptaste dinero?

—Por supuesto.

—Pero te seguirán.

—Les costará bastante. ¿No comprendes, Olive, que la descripción que tienen de mí es completamente distinta a mi aspecto actual? Por eso tenía tanto interés en la cirugía estética. Era lo más importante. Salir de Inglaterra, ingresar una buena suma de dinero en un banco y hacer que mi aspecto cambiara de tal forma que pudiera estar seguro toda la vida.

La joven lo miró dubitativa.

—Te equivocas. Estoy segura de que estás equivocado. Sería mejor que regresaras y afrontaras los hechos. Al fin y al cabo, ya no estamos en guerra. Supongo que tu condena sería corta. ¿Por qué quieres vivir huyendo el resto de tu vida?

—No lo comprendes. No comprendes nada en absoluto. Vamos ahora mismo, no hay tiempo que perder.

—¿Cómo vas a salir de Tánger?

—Ya me las arreglaré. No te preocupes.

Hilary se puso en pie y caminaron despacio hacia la terraza. Se sentía inquieta y no sabía qué decir. Había cumplido su compromiso con Jessop y con la mujer muerta, Olive Betterton.

Ahora ya no le quedaba nada más que hacer. Había pasado muchas semanas de intimidad con Tom Betterton, pero se daba cuenta de que seguían siendo dos extraños. No los unía el menor lazo de compañerismo o amistad.

Llegaron al extremo de la terraza. Allí había una pequeña puerta lateral por la que se salía a una estrecha callejuela que bajaba por la colina hasta el puerto.

—Me marcharé por aquí —dijo Betterton—. Nadie nos observa. Hasta la vista.

—Buena suerte —respondió Hilary despacio.

Observó a Betterton mientras se acercaba a la puerta y la abría. En cuanto lo hizo, dio un paso atrás y se detuvo. Había tres hombres en el umbral y dos de ellos se adelantaron hacia él. El primero habló en tono oficial:

—Thomas Betterton. Traigo una orden de arresto contra usted. Quedará aquí bajo custodia mientras se llevan a cabo los trámites de extradición.

Betterton se volvió con brusquedad, pero el otro hombre se anticipó a su intento. Tom soltó una carcajada.

—Todo esto me parece muy bien, pero es que yo no soy Thomas Betterton.

El tercer hombre se reunió con los otros dos.

—¡Oh, sí, claro que lo es! —afirmó—. Usted es Thomas Betterton.

El científico volvió a reír.

—Lo que quiere decir es que durante un mes ha estado viviendo conmigo, oyéndome llamar y decir que era Thomas Betterton. Pero el caso es que no soy Thomas Betterton. Lo conocí en París y vine en su lugar. Pregúntenselo a esta señora si no me creen. Vino a reunirse conmigo, pretendiendo ser mi esposa, y yo la reconocí como tal. Fue así, ¿verdad?

Hilary asintió.

—Eso es —continuó Betterton—, porque, como no era Thomas Betterton, naturalmente, no sabía cómo era su mujer. Pensé que era la esposa de Thomas Betterton. Después tuve que inventar alguna explicación que la satisficiera, pero esa es la verdad.

—De modo que por eso fingiste reconocerme —exclamó Hilary—. ¡Y me pediste que siguiera disimulando!

Betterton volvió a reírse, esta vez con más confianza.

—No soy Betterton. Miren cualquier fotografía de Betterton y comprobarán que les estoy diciendo la verdad.

Peters se adelantó. Cuando habló, su voz fue completamente distinta a la que Hilary conocía: ahora sonó fría e implacable.

—He visto fotografías de Betterton, y estoy de acuerdo con usted en que no le hubieran reconocido como tal. Pero, no obstante, es usted Thomas Betterton y voy a probarlo. —Asió bruscamente a Betterton y le quitó la chaqueta—. Thomas Betterton tiene una cicatriz en forma de zeta en el pliegue del codo derecho.

Mientras hablaba, le desgarró la manga de la camisa para descubrirle el brazo.

—Ahí está —dijo señalándola con aire triunfal—. Hay dos ayudantes del laboratorio en Estados Unidos que lo testificarán. Yo lo sé porque Elsa me escribió para contarme cómo se la hizo.

—¿Elsa? —Betterton lo miró extrañado, comenzando a temblar—. ¿Elsa? ¿Qué tiene que ver Elsa?

—¿Por qué no pregunta de qué se le acusa? —El policía volvió a adelantarse—. El cargo es de asesinato en primer grado. Se le acusa de haber asesinado a su esposa, Elsa Betterton.

Capítulo 22

—Lo siento, Olive. Tiene que creerme, lo siento muchísimo. Quiero decir, por usted... Le ofrecí una oportunidad. Le advertí de que Thomas estaría más seguro quedándose en la Unidad, a pesar de que había recorrido medio mundo para encontrarlo y conseguir que recibiera su merecido por lo que le hizo a Elsa.

—No comprendo. No comprendo nada de todo esto. ¿Quién es usted?

—Creí que lo sabía. Soy Boris Andrei Pavlov Glydr, el primo de Elsa. Me enviaron desde Polonia a una universidad de Estados Unidos para acabar mis estudios. Y, tal como se pusieron las cosas en Europa, mi tío creyó más conveniente para mí que adoptara la nacionalidad estadounidense. Por eso tomé el nombre de Andy Peters.

»Luego, al estallar la guerra, regresé a Europa y colaboré con la Resistencia. Saqué a mi tío y a Elsa de Polonia y los llevé a Estados Unidos. Elsa, ya le he hablado de ella, fue quien descubrió la fisión ZE. Betterton era un joven canadiense que ayudaba a Mannheim en sus experimentos. Conocía su trabajo, pero nada más.

»Cortejó a Elsa y se casó con ella para colaborar en los trabajos científicos que estaba realizando. Cuando sus experimentos llegaron a su término y comprendió la enorme importancia de la fisión ZE, la envenenó deliberadamente.

—¡Oh, no, no!

—Sí. Entonces no se sospechó nada. Betterton parecía muy apenado, se entregó con renovado ardor a su trabajo; después, anunció el descubrimiento de la fisión ZE como cosa suya. Obtuvo lo que él quería: fama y que le consideraran un científico de primera. Luego juzgó prudente dejar Estados Unidos e ir a Inglaterra. Se marchó a Harwell y estuvo trabajando allí.

»Yo permanecí en Europa algún tiempo, ya finalizada la guerra. Como sabía alemán, ruso y polaco, podía ser muy útil allí. La carta que Elsa me escribió antes de morir me inquietó. La enfermedad que sufría y de la que murió me parecía misteriosa e inesperada. Cuando al fin regresé a Estados Unidos, comencé a hacer averiguaciones. No es necesario que se lo cuente todo. Encontré lo que buscaba. Es decir, lo bastante para solicitar una orden para la exhumación del cadáver. En la oficina del fiscal del distrito había un joven que había sido gran amigo de Betterton. Se iba de viaje a Europa y le propuse que lo visitara y mencionara lo de la exhumación.

»Betterton se olió el peligro. Supongo que ya debía de haber tratado con algún agente de nuestro amigo Aristides. De todas formas, vio que era su mejor oportunidad para evitar el arresto y el juicio por asesinato. Aceptó la propuesta con la condición de que le cambiaran el rostro por completo. Lo que ocurrió en realidad es que se sentía prisionero. Más aún, se encontró en una situación peligrosa, porque era incapaz de conseguir ningún resultado en su trabajo científico. Nunca fue un genio.

—¿Y usted le siguió?

—Sí. Cuando en todos los periódicos se publicó la llamativa desaparición de Thomas Betterton, viajé a Inglaterra. Un amigo mío, un científico de bastante renombre, había recibido ciertas ofertas de una mujer, una tal señora Speeder, que trabajaba para la ONU. Al llegar a Inglaterra, descubrí que se había entrevistado con Betterton. Me puse en contacto con ella, expresando ideas izquierdistas y exagerando tal vez un poco mi habilidad como científico. Creía que Betterton estaba al otro lado del telón de acero, donde nadie podría dar con él. Y, bueno, si nadie más podía dar con él, yo me ocuparía del asunto. —Frunció los labios—. Elsa era una científica de primer nivel, pero también era una mujer hermosa y agradable. El hombre a quien amaba y al que había entregado su confianza la había asesinado y después se había apropiado de su trabajo. De ser necesario, estaba dispuesto a matar a Betterton con mis propias manos.

—Lo comprendo —respondió Hilary—. Ahora por fin lo comprendo todo.

—Cuando fui a Inglaterra, le escribí a usted —continuó Peters—. Quiero decir que le escribí con mi nombre polaco para contárselo todo. —La miró—. Supongo que no me creería, ya que nunca me contestó. Al principio, me presenté fingiendo ser un oficial polaco: tieso, muy correcto y formal. Entonces sospechaba de todo el mundo. Sin embargo, al final, Jessop y yo nos pusimos de acuerdo.

Hizo una pausa.

—Esta mañana mi búsqueda ha terminado. Se aplicará el tratado de extradición y Betterton irá a Estados Unidos, donde será juzgado. Si sale absuelto, no tendré nada más que decir. Pero no lo absolverán —afirmó con dureza—. Las pruebas son irrefutables. —Se detuvo y miró hacia el mar, por encima de los jardines bañados por el sol—. Lo malo de todo esto —prosiguió— es que usted fue a reunirse con él, yo la encontré y me enamoré perdidamente. He vivido en un infierno, Olive. Créame. Y aquí estamos. Yo soy el responsable de enviar a su marido a la silla eléctrica. No podemos olvidarlo. Es algo que usted nunca podrá olvidar, aunque lograra perdonarme. —Se puso en pie—. Bueno, quería que lo supiera todo de mi propia voz. Ahora, adiós.

Se volvió bruscamente en el momento en que Hilary le tendía una mano.

—Espere, espere. Hay algo que no sabe. Yo no soy la esposa de Betterton. La mujer de Betterton, Olive

Betterton, murió en Casablanca. Jessop me convenció para que ocupara su lugar.

Él se volvió en redondo para mirarla a los ojos.

—¿No eres Olive Betterton?

—No.

—¡Cielos! —exclamó Peters—. ¡Cielo santo! —Se dejó caer pesadamente en una silla junto a ella—. Olive, cariño.

—No me llamo Olive. Me llamo Hilary. Hilary Craven. Ese es mi nombre.

—¿Hilary? Tendré que acostumbrarme. —Cogió su mano entre las suyas.

En el otro extremo de la terraza, Jessop, que discutía con Leblanc acerca de algunas dificultades técnicas de la situación actual, lo interrumpió en medio de una frase:

—¿Decía usted? —le preguntó distraído.

—Le estaba diciendo, *mon cher*, que me parece que no vamos a poder proceder contra ese monstruo de Aristides. Es complicado.

—No, no. Aristides siempre gana. Lo que equivale a decir que siempre consigue escabullirse. Pero ha perdido mucho dinero, y eso no le gustará. E incluso Aristides no puede mantener la muerte a raya. Por su aspecto, yo diría que no tardará demasiado en presentarse ante el Juez Supremo.

—¿Qué es lo que atraía su atención, amigo mío?

—Esa pareja —replicó Jessop—. Envié a Hilary Craven a un viaje con destino desconocido, pero, al parecer, el final de dicho viaje ha sido el más natural.

Leblanc lo miró extrañado, pero al cabo de unos instantes exclamó:

—¡Aja! ¡Sí! ¡Su Shakespeare!

—Ustedes, los franceses, siempre tan leídos —replicó Jessop.

Descubre los clásicos de Agatha Christie

Y NO QUEDÓ NINGUNO
ASESINATO EN EL ORIENT EXPRESS
EL ASESINATO DE ROGER ACKROYD
MUERTE EN EL NILO
UN CADÁVER EN LA BIBLIOTECA
LA CASA TORCIDA
CINCO CERDITOS
CITA CON LA MUERTE
EL MISTERIOSO CASO DE STYLES
MUERTE EN LA VICARÍA
SE ANUNCIA UN ASESINATO
EL MISTERIO DE LA GUÍA DE FERROCARRILES
LOS CUATRO GRANDES
MUERTE BAJO EL SOL
TESTIGO DE CARGO
EL CASO DE LOS ANÓNIMOS
INOCENCIA TRÁGICA
PROBLEMA EN POLLENSA
MATAR ES FÁCIL
EL TESTIGO MUDO
EL MISTERIO DE PALE HORSE
EL MISTERIO DEL TREN AZUL
EL TRUCO DE LOS ESPEJOS
TELÓN
CRIMEN DORMIDO
¿POR QUÉ NO LE PREGUNTAN A EVANS?

UN PUÑADO DE CENTENO
EL MISTERIOSO SEÑOR BROWN
LA RATONERA
MISTERIO EN EL CARIBE
PELIGRO INMINENTE
DESPUÉS DEL FUNERAL
ASESINATO EN EL CAMPO DE GOLF
LA MUERTE DE LORD EDGWARE
EL HOMBRE DEL TRAJE COLOR CASTAÑO
DESTINO DESCONOCIDO
EL SECRETO DE CHIMNEYS
UN GATO EN EL PALOMAR

Su fascinante autobiografía

www.coleccionagathachristie.com

Y los casos más nuevos de Hércules Poirot
escritos por Sophie Hannah

www.coleccionagathachristie.com